WIEDERSEHEN IN TEXAS

Aus Der Serie: Wings of the West (Buch 6)

Eine lange Novelle

KRISTY MCCAFFREY

Übersetzt von

ANJA RITTER

Bücher von Kristy McCaffrey in englischer Sprache

Wings-of-the-West-Serie

The Wren

The Dove

The Sparrow

The Blackbird

The Bluebird

The Songbird (Novella)

Echo of the Plains (Short Story)

The Starling

The Canary

The Nighthawk

The Swan

The Falcon

Weitere Romane

Into the Land of Shadows

Deep Blue

Cold Horizon

Ancient Winds

Sapphire Waves

Kurzromane

The Crow Brothers Collection

The West: A Romance Collection

Novellas

Alice: Bride of Rhode Island

Rosemary

Blue Sage

The Peppermint Tree

A Mirthful Wish

Bücher von Kristy McCaffrey auf Deutsch

Wings-of-the-West-Serie

Verliebt in Texas

Verliebt in New Mexico

Verliebt am Grand Canyon

Verliebt in Arizona

Verliebt in Colorado

Wiedersehen in Texas

Echo über der Prärie

Verliebt in den Rockies

Original-Titel: The Songbird – Wings of the West Series Book 6 – A Long Novella

Deutsche Erstausgabe © 2024

Aus dem Englischen von: Anja Ritter

Lektorat: Michelle Brändle

Verlag: K. McCaffrey LLC, Scottsdale, 85266 Arizona, USA

Coverdesign: Earthly Charms

Alle Namen, Charaktere, Orte und Gegebenheiten sind der Vorstellungskraft der Autorin entsprungen oder wurden fiktiv benutzt. Jede Ähnlichkeit mit realen Personen, lebend oder tot, Ereignissen oder Orten ist rein zufällig.

German Edition Ebook ISBN-13: 978-1-952801-55-6
German Edition Print ISBN-13: 978-1-952801-56-3

kmccaffrey.com
kristy@kmccaffrey.com

Rezensionen der Wings-of-the-West-Serie

Verliebt in Texas

„… McCaffreys Westernromane zeichnen sich durch ein realistisches Setting und die detailgetreue Darstellung historischer Ereignisse aus." ~ Romantic Times BOOKclub

„Ich bin ein großer Fan von Western-Liebesromanen, und dieses Buch ist wirklich außergewöhnlich. Ein schöner Auftakt zu einer tollen Serie." ~ The Romance Studio

„Attraktive, verwegene Helden, starke Heldinnen und eine ausgezeichnete Story machen diesen Roman zum bleibenden Lesegenuss." ~ The Best Reviews

Verliebt in New Mexico

„… eine wundervolle Beschreibung des Sangre-de-Cristo-Gebirges, von Las Vegas im späten 19. Jahrhundert und der Ranch der Ryans. Die Rezensentin fühlte sich beim Lesen in diese Zeit und an die beschriebenen Orte versetzt." ~ Love Romances

„Ms McCaffrey schreibt aus dem Herzen … definitiv eine Leseempfehlung." ~ The Romance Studio

„Wenn Sie Liebesromane, die im Wilden Westen spielen, mögen, dann sollten Sie dieses Buch lesen." ~ Romance Junkies

Verliebt am Grand Canyon

„Die Leser werden die Geschichte lieben …" ~ RT BookReviews

„McCaffreys Geschichten sind historisch akkurat … ein phänomenaler Lesegenuss, ich lege das Buch allen ans Herz, die historische Liebesromane mit dem gewissen Extra mögen." ~ Jonel Boyko, Reviewer

„Die Legenden der Hopi und Havasupai haben in McCaffrey eine neue Stimme gefunden. Ihr mitreißender Stil machte die mystische Reise ihrer Protagonistin in ein anderes Reich glaubhaft. Ich konnte das Buch nicht mehr aus der Hand legen und habe es an einem Abend gelesen." ~ City Sun Times

Verliebt in Arizona

„Fiese Bösewichte, jede Menge Action, eine starke Heldin, überraschende Wendungen, ein sexy Cowboy und eine sinnliche Liebesgeschichte – dieser historische Western-Liebesroman bietet von allem und für alle etwas." ~ Janna Shay, InD'tale Magazine

„… ergreifend und fesselnd … kaum aus der Hand zu legen." ~ Chanticleer Book Reviews

Verliebt in Colorado

„… rasant erzählt mit tiefgründigen Charakteren und einer Geschichte, die mich von der ersten bis zur letzten Seite in ihrem Bann hielt …" ~ Jo, Romance Junkies

„… vollgepackt mit Abenteuer und atemberaubender Action … ein fantastisches Buch … ich konnte es nicht mehr aus der Hand legen!“ ~ Maia, The Silver Dagger Scriptorium

„So spannend, dass ich wie gefesselt war … ein unterhaltsames Leseerlebnis!“ ~ Belinda Wilson, InD’tale Magazine, a Crowned Heart review

Wiedersehen in Texas

„Fesselnd von Anfang bis Ende! Eine großartige Ergänzung zu einer wunderbaren historischen Western-Romance-Serie. Es geht um Geheimnisse, Liebe, indianische Legenden und den unerschütterlichen optimistischen Einfallsreichtum einer Gruppe unvergesslicher Kinder. Als ich einmal angefangen hatte zu lesen, konnte ich das Buch nicht mehr aus der Hand legen.“ ~ Edwina Bailey Brown, BookBub-Rezension

Verliebt in den Rockies

„Kates und Henrys Geschichte war eine perfekte Mischung aus Romantik, Abenteuer, Verbrechensbekämpfung, Erlösung und dem Lernen, wieder zu vertrauen. Ich habe es genossen und empfehle das Buch sehr!“ ~ Goodreads-Rezensent

Für meinen süßen Marley

Gerettet am 2. Januar 2018 – 29. Mai 2021

Wir hatten das große Glück, dich mehr als drei Jahre lang bei uns zu haben.
Du warst ein solches Licht in unserem Leben.
Wir vermissen dich, MarleyMoo.

Kapitel Eins

Texas
Oktober 1892

Molly

Molly erwachte in der Stille der Nacht und starrte verwirrt an die Decke. Dann fiel ihr wieder ein, dass sie und Matt sich in einem Hotel in Denton befanden.

Sie atmete tief durch und schloss die Augen. Ihr Körper war noch immer wie gelähmt von dem Traum. Es war zwar nicht direkt ein Albtraum gewesen, aber er hatte trotzdem Trauer und Panik in ihr aufkommen lassen. Als sie ihre Hand endlich wieder bewegen konnte, tastete sie an ihrer Seite nach Matts warmem Körper. Sie rollte sich herum und rutschte näher an ihn heran, um die Geborgenheit zu finden, die nur er ihr geben konnte.

Er rührte sich und umfing sie mit seinen Armen.

„Schlecht geträumt?", fragte er und streifte mit den Lippen ihr Haar.

„Ja."

„Wieder das Gleiche?"

Sie seufzte. „Ja.“ Sie war müde. Seit Wochen plagte sie immer wieder derselbe Traum.

„Hast du mit Emma darüber gesprochen?“

Ihre jüngere Schwester besaß etwas, was einige als die Gabe des Zweiten Auges bezeichneten, andere – insbesondere engstirnige Menschen – als Hexerei. „Noch nicht.“ Sie vergrub ihr Gesicht an seiner nackten Haut und ließ sich von seinem Duft beruhigen. *Mein Mann.*

„Vielleicht kann sie dir helfen“, sagte er. „Falls doch mehr dahintersteckt.“

Molly wusste, dass er aus Erfahrung sprach. Jahrelang war er von einem Traum über seine Gefangenschaft während seiner Zeit als Texas Ranger heimgesucht worden. Nur mit ihr hatte er über alle Einzelheiten dieser Erfahrung sprechen können. Und dann war Augusto Cerillo, der dafür verantwortlich gewesen und eigentlich von Mollys Schwager Nathan getötet worden war, zwei Jahre nach ihrer Hochzeit zurückgekehrt. Aber seine Rache war keine gewöhnliche gewesen, denn er lebte nicht mehr im herkömmlichen Sinne. Cerillo hatte die Geisterwelt benutzt, um sich zu rächen. Nur mit Emmas und Mollys Hilfe war es ihnen gelungen, Cerillo, der vom Körper eines anderen Mannes Besitz ergriffen hatte, daran zu hindern, Matt zu töten. Erst als alles vorbei war, waren Matts Albträume langsam verblasst.

Auch Molly musste sich ihrem wiederkehrenden Traum stellen, doch der Gedanke daran ängstigte sie, und so verschob sie es immer wieder auf später. Was, wenn Emma ihr eine Erklärung lieferte? Dann würde Molly darauf reagieren müssen.

Aber so konnte sie auch nicht weitermachen. Die nächtlichen Bilder hörten einfach nicht auf. Sie wurden nur noch schlimmer.

„Na gut“, flüsterte sie. „Morgen rede ich mit Emma.“

Matt küsste sie auf die Stirn und zog ihr die Bettdecke über die Schultern. Mit ihm an ihrer Seite schaffte sie es immerhin, noch ein paar Stunden unruhigen Schlaf zu finden.

Molly

Molly ging auf dem Bürgersteig entlang, als der Junge mit ihr zusammenstieß. Instinktiv packte sie seine Schultern, um ihn vor dem Sturz zu bewahren. Er fuhr herum, riss sich von ihr los und raste davon. Staub wirbelte auf, als seine Füße in gleichmäßigem Rhythmus auf den Holzplanken aufschlugen.

„Was in aller Welt", sagte Claire und stützte Molly am Ellbogen. Vor vielen Jahren hatte Molly Claire das Leben gerettet, nachdem sie sie einsam und verlassen in einer Schlucht gefunden hatte. Die beiden hatten ein enges Band der Freundschaft geknüpft, das durch ihren Status als Schwägerinnen noch verstärkt wurde, als sie beide einen der Ryan-Brüder geheiratet hatten.

Molly straffte sich. „Der hatte es aber eilig."

Molly und Claire ließen den zentralen Platz im Stadtkern hinter sich, über den ein imposantes zweistöckiges Gerichtsgebäude mit Turm wachte, und gingen in die Richtung, in die auch der Junge verschwunden war, bis sie das eine Meile entfernte Messegelände von Denton in der Nähe von Avenue A und Welch Street erreichten. Sicher würde der Junge schlapp machen, bevor er dort ankam, dachte Molly.

Die Messe, die mehrere Tage andauerte, zog eine große Menschenmenge an. Es gab zahlreiche Wettbewerbe in den Bereichen Viehzucht und Landwirtschaft sowie eine Börse für den Kauf und Verkauf von Pferden, wie die lange Reihe von Ställen am Nordende des Messegeländes zeigte. Angesehene Frauen aus der Gemeinde stellten ihre Produkte zur Schau: Ölgemälde, bestickte Wäsche, Quilts und Lebensmittel wie Eingemachtes, Kuchen und Konfitüren.

Der eigentliche Höhepunkt waren jedoch die Cowboy-Wettbewerbe und die Pferderennen im Trab und Galopp auf einer 16 Hektar großen Rennbahn auf dem Gelände.

Molly hatte gehofft, sich heute Morgen beim Frühstück mit Emma unterhalten zu können, aber in ihrem Hotel war es zu hektisch gewesen. Molly war mit Matt und ihren Töchtern Katie und Josie gekommen. Die Mädchen, elf und zwölf Jahre alt, wollten unbedingt die Messe besuchen, während ihr Ältester, Eli, auf der Rocking-Wren-Ranch geblieben war. Mit seinen vierzehn Jahren saß er lieber auf einem Pferd und kümmerte sich um die anfallenden Aufgaben auf der Ranch. Er war ein Texaner durch und durch und plante bereits seine Zukunft in der Viehzucht.

Mollys Mädchen waren mit ihren Cousinen unterwegs, den drei Töchtern von Claire – Anna, mit vierzehn Jahren die Älteste und das Ebenbild von Claire mit ihren langen blonden Haaren und ihrer besonnenen Art; Sarah, ein Jahr jünger und oft für Annas Zwillingsschwester gehalten, aber vom Wesen her offener und neugieriger, und die elfjährige Sophie, deren dunkles Haar aus der Ryan-Linie sie von ihren älteren Schwestern unterschied. Das und ihr großer Vorrat an Büchern, von denen sie einige auf diese Reise mitgenommen hatte.

Am Abend zuvor hatten die Cousinen bis tief in die Nacht hinein geschwatzt und auch jetzt schienen sie bei ihrem Rundgang über die Messe ganz in ihr Geschnatter vertieft zu sein.

„Meinst du, wir sollten die Mädchen besser im Auge behalten?“, fragte Molly.

Claire lachte. „Hast du ein Seil? Wir müssten sie schon irgendwo anbinden, damit sie still sitzen bleiben. Dazu fehlt mir die Kraft. Außerdem, was sollen sie schon anstellen?“

Die Frage schien wie eine dunkle Wolke in der Luft zu hängen.

„Als Älteste wird Anna auf sie achtgeben“, fügte Claire in beruhigendem Tonfall hinzu.

Molly stimmte ihr wortlos zu. Anna strahlte eine natürliche Zuversicht aus. „Sie ist bei weitem die Reifste von allen.“

„Sie treibt Logan ganz schön in den Wahnsinn.“ Claire hakte sich bei Molly unter, als sie den Bürgersteig verließen und auf die unbefestigte Straße traten. Mehrere Kutschen sausten an ihnen vorbei. „Ständig schreibt sie ihrem Vater vor, was er tun soll. Ich fürchte, so wird sie nie einen Ehemann finden."

„Das macht nichts. Sie kann ja Ärztin werden wie du. Dann braucht sie keinen Ehemann."

„Ich glaube, das würde Logan freuen. Kein Mann wird je gut genug für sein kleines Mädchen sein. Für keines von ihnen."

Logan war mit vier Töchtern gesegnet, aber keinem einzigen Sohn, und obwohl er sich gelegentlich über seinen Status als Hahn im Korb beklagte, würde er alles für seine Mädchen tun, weshalb er beinahe nicht mitgekommen wäre. Ellie, ihrer Jüngsten, ging es nicht so gut, aber sie war bei den Großeltern in besten Händen. Also hatte Logan schließlich zugestimmt, mit seiner restlichen Familie die Messe zu besuchen.

Als sie sich dem Messegelände näherten, zogen Jubelrufe sie zu einer der Pferdekoppeln und sie bahnten sich einen Weg durch die Menschenmenge. Schon von weitem fasste Molly eines der Pferde mit einem bunten Halfter ins Auge. Sie erkannte das längliche Rautenmuster aus Gelb, Rot und Schwarz auf grünem Grund. Es stammte von den Comanchen. Genauer gesagt, den Kwahadi-Comanchen.

Ein Anflug von Sehnsucht erfasste sie und überraschte sie mit ihrer Intensität. So traumatisch ihre Kindheit auch gewesen war, sie hatte acht Jahre bei den Comanchen gelebt und eine tiefe Verbundenheit zu ihrer „neuen" Familie aufgebaut. Und es gab Zeiten, in denen sie sie vermisste. Ihr wiederkehrender Traum zeugte davon.

Die Comanchen verfügten über großes Geschick im Umgang mit Pferden, und nach ihrer Hochzeit mit Matt hatten die von ihrem Comanchen-Vater erlernten Fähigkeiten Molly gute Dienste geleistet. Sie trat näher heran, um einen genaueren Blick zu erhaschen.

Der Junge, der sie vorhin angerempelt hatte – er musste etwa zwölf Jahre alt sein –, stand neben dem Mann, der das Pferd vorführte. Der Mann war zwar eindeutig kein Comanche, aber der

Junge sah aus wie einer und rief in Molly Erinnerungen an ihre Zeit bei diesem Volk wach.

„Weißt du, wer das ist?“, fragte Molly Claire.

„Der Mann oder der Junge?“

„Beide.“

„Nein, aber das Pferd, das sie verkaufen wollen, ist wirklich ein Prachtexemplar.“

Molly schaute sich suchend nach Matt oder Logan um, aber die Menschen standen hier dicht gedrängt. Cowboyhüte und Sonnenschirme versperrten ihr die Sicht. Ein Pferd nach dem anderen wurde verkauft und als Molly sich wieder dem Korral zuwandte, waren der Mann und der Junge mit ihrem Pferd bereits verschwunden und durch das nächste ersetzt worden.

Matt

ALS MATT DEN KORRAL UMRUNDETE, traf er auf seinen Schwager Cale. „Irgendetwas Neues?“, fragte er.

Cale verzog das Gesicht und seufzte. „Wenn du den Handel mit Anderson meinst, der ist ins Wasser gefallen.“

Verflixt.

„Bist du sicher?“

Cale nickte knapp. „Er ist nicht einmal hier. Ich habe Gerüchte gehört, dass er ein besseres Angebot bekommen hat.“

„Unser Angebot *war* verdammt gut. Molly und ich haben hart gearbeitet, um ihm das zu geben, was er wollte. Dachten wir jedenfalls.“

„Ich weiß.“ Cale zögerte.

„Spuck es aus, Walker.“

„Es gäbe da vielleicht noch einen anderen Käufer, wenn du die Pferde wirklich loswerden willst.“

„Wen?“

„Holden McCabe."

Matt gab sich keine Mühe, die Flüche zu unterdrücken, die ihm über die Lippen kamen.

„Ja." Cales Lachen klang wenig humorvoll. „Ich dachte mir schon, dass du so reagieren würdest, aber ich wollte dich nicht im Dunkeln lassen. Ein Handel mit McCabe steht auch auf meiner Wunschliste ganz unten."

Matt schüttelte niedergeschlagen den Kopf. „Also haben wir die ganze Sippe umsonst den weiten Weg hierhergebracht."

„Es scheint so." Cale rückte seinen Hut zurecht. „Aber sieh' es doch mal so – dafür hast du unseren Frauen einen netten Ausflug mit ihren äußerst attraktiven Ehemännern beschert."

Es war lästig, dass sie die Pferde nun am Ende der Woche zur Rocking Wren zurücktreiben mussten, und es würde länger dauern als geplant, aber das ließ sich nun mal nicht ändern. Matt war in erster Linie zur Messe in Denton gekommen, um zwei Dutzend seiner besten Pferde zu verkaufen. Molly und er hatten die Tiere den Sommer über trainiert. Sie wollten den Erlös in Zuchttiere aus England investieren. Matt hatte bereits den ersten Teil des Papierkrams erledigt, aber sie brauchten das Geld von diesen Pferden, und da wäre Anderson ins Spiel gekommen.

Auch Cale, Mollys Halbbruder, hatte sich an dem Handel beteiligt und zwölf Tiere aus seinem eigenen Bestand hinzugefügt. Molly und Cale waren beide Pferdeliebhaber und unterhielten sich regelmäßig beim sonntäglichen Familienessen über die Vorzüge von Zucht und Dressur. Mollys Ansichten waren maßgeblich durch ihre Zeit bei den Comanchen geprägt, die zu den größten Pferdekennern im Land zählten. Zumindest, bis sie in das Reservat in Fort Sill umgesiedelt worden waren. Doch wie Matt gehört hatte, übten viele von ihnen ihre Reitkunst weiter aus und versuchten, ihren Lebensunterhalt damit zu verdienen.

„Außerdem", fuhr Cale fort, „hat sich Anderson offenbar darüber beschwert, dass nicht genug Wallache dabei wären. Er sagt, du hättest ihm mehr versprochen."

Kurz bevor sie Nordtexas verlassen hatten, hatte Molly mit dem Rat ihres Sohnes Eli ihre Meinung über drei der Pferde noch einmal geändert. Matt hatte gelernt, sich nie einzumischen, wenn die beiden Entscheidungen in Sachen Pferde trafen, denn sie schienen ein besonderes Gespür für die Tiere zu haben, die sie selbst züchteten und trainierten. Matt vertraute auf Mollys Urteilsvermögen.

„Also deshalb verdirbt er uns das Geschäft?“, fragte Matt, ohne seinen Ärger zu verbergen. „Wegen drei Pferden? Es wäre schön gewesen, wenn er uns das vorher gesagt hätte.“

Die Frauen und Kinder waren mit dem Zug aus Wichita Falls gekommen, aber Matt, Cale, Nathan und Logan hatten die Pferde selbst hierhergetrieben. Matt hatte sich darauf gefreut, seine Rückfahrt mit Molly, Katie und Josie in einem komfortablen Zugabteil mit gepolsterten Sitzen anzutreten, aber es sah so aus, als würden sie wieder reiten müssen.

Cales Gesichtsausdruck verriet Matt, dass es noch weitere Neuigkeiten gab.

„Muss ich dir alles aus der Nase ziehen?“

Ein flüchtiges Lächeln flog über Cales Gesicht. „Ich fürchte, dieses Gerücht wird dir noch weniger gefallen als das vorherige. McCabe will mit Molly zu Abend essen.“

Ungläubig sagte Matt: „Will er meiner Frau den Hof machen? Da habe ich verdammt noch mal ein Wörtchen mitzureden.“

„McCabe ist ein Hornochse. Daran besteht kein Zweifel. Aber ich glaube, es geht eher um Mollys Zeit bei den Comanchen.“

Das war etwas, was Matt lieber für sich behielt, wenn auch nur, um Molly zu schützen. Sie waren seit fünfzehn Jahren verheiratet, aber er konnte es noch immer nicht ertragen, wenn ihre Vergangenheit zum Gegenstand von Klatsch und Tratsch wurde. Mit ihren Kindern sprach sie gelegentlich über ihre Entführung im Alter von neun Jahren und ihre Zeit bei den Comanchen, bevor sie von einem alten Schürfer namens Elijah gerettet worden war –

dem Mann, nach dem sie ihren Sohn benannt hatten. Sie brachte Katie sogar bei, Comanche zu sprechen.

„Es ist Mollys Entscheidung, ob sie mit ihm über ihre Vergangenheit sprechen will“, sagte Matt. „Aber ich werde dabei sein, wenn sie es tut.“

Logan und Nathan tauchten auf, mit Chaps und klirrenden Sporen. Auf Nathans glatt rasiertem Gesicht zeichnete sich die Narbe auf seiner linken Wange, die ihm vor Jahren ein Comanche zugefügt hatte, deutlicher ab als sonst.

„Wann beginnt das Rennen?“, fragte Cale. „Welches ist es noch mal?“

„Das drei-Achtel-Meilen-Rennen“, sagte Logan. „Und es beginnt in einer Stunde. Das Preisgeld liegt bei 50 Dollar. Ich habe gehört, dass die Wetten zu meinen Gunsten stehen.“

„Das ist Unsinn“, sagte Nathan und kniff seine braunen Augen zusammen. „Wenn einer die Nase vorn hat, dann dieses Pferd da drüben.“ Er deutete auf eine Koppel, auf der eine beeindruckende Stute hin und her trabte. Der Mann, der das Tier beobachtete, kam Matt bekannt vor.

„Ist das Bill Harner?“, fragte er.

Nathan sah genauer hin. „Ich will verdammt sein. Ich glaube, er ist es.“

Logan zog seine Lederhandschuhe an. „Wer ist das?“

„Er war 1875 mit uns bei den Rangers“, antwortete Nathan und bezog sich auf seine und Matts Zeit bei den Texas Rangers. „Aber da war er noch ein Jungspund. Das war kurz bevor ich Matt bei Cerillo rausgeholt habe. Ich weiß nicht, was danach mit Bill passiert ist.“

„Nun, er steht neben McCabe“, sagte Cale.

Matt verzog das Gesicht. „Das ist fast Grund genug, um Harner zu meiden. Aber ich gehe trotzdem mal hin und sage hallo.“

„Wir müssen langsam zur Startlinie rüber“, sagte Nathan zu

Logan. „Wir wollen doch nicht, dass unser Champion seinen glorreichen Augenblick verpasst."

„Du kriegst gleich meinen Staub zu fressen, Blackmore."

„Viel Glück", sagte Matt, als die beiden sich auf den Weg machten. Matt wandte sich in die entgegengesetzte Richtung, blieb aber noch einmal stehen und drehte sich zu Cale um. „Kommst du nicht mit? Wenn McCabe anfängt, sich über Molly das Maul zu zerreißen, brauche ich deine Unterstützung."

Cale zog eine Augenbraue hoch. „Soll ich dein Händchen halten?"

„Natürlich nicht. Du musst mich eher von ihm fernhalten, wenn er mich auf die Palme bringt. Molly wäre nicht begeistert, wenn ich wegen Ruhestörung in einer Zelle lande. Sie erwartet mich zum Abendessen."

„Keine Sorge. Sheriff Mars schuldet mir noch was. Du wärst nicht lange im Knast."

Kapitel Zwei

Emma

Emma klopfte an die Tür des Hotelzimmers, in dem ihre Schwester Molly mit ihrem Mann untergebracht war. Matt hatte sich nicht lumpen lassen und für sie beide eine Privatunterkunft gebucht, während ihre beiden Mädchen mit Logans und Claires drei Töchtern sich ein Zimmer nebenan teilten, um ihnen ein kleines bisschen Privatsphäre zu verschaffen.

Nathan hatte darauf bestanden, ohne Kinder zu kommen, weil er meinte, dass Emma eine Pause von ihrer unermüdlichen Arbeit als Mutter von fünf Jungs verdiente, und so sehr sie ihre Kinder auch vermisste, so genoss sie doch die gemütlichen Vormittage und das ruhige Frühstück mit ihrem Mann. Ebenso wie die Zeit mit ihren Nichten – obwohl sie eigentlich nicht die Tante von Logans und Claires Töchtern war. Trotzdem nannten diese sie Tante Em. Bisher hatte sie viel mehr Spaß gehabt, als sie gedacht hatte.

Als Molly sie gefragt hatte, ob sie sich unter vier Augen unterhalten könnten, war Emma überrascht gewesen, denn allem Anschein nach wirkte ihre Schwester glücklich und zufrieden. Emma hatte zwar einen Hauch von Besorgnis gespürt, war dem aber nicht weiter nachgegangen. In den letzten zehn Jahren hatte sie gelernt, besser mit ihrer Gabe umzugehen und nicht länger von unerwünschten Bildern und Gedanken anderer überschwemmt zu werden. Sie setzte ihre Fähigkeiten nur noch ein, wenn jemand sie explizit darum bat.

Emma hoffte, dass zwischen Molly und Matt alles in Ordnung war.

Die Tür öffnete sich und Molly, bekleidet mit einer gelb gemusterten Baumwollbluse und dunkelbraunem Rock, begrüßte sie mit einem Lächeln. Ihr offener, zufriedener Gesichtsausdruck und die leichte Röte auf ihren Wangen beruhigten Emma.

„Danke, dass du gekommen bist", sagte Molly. „Setz dich doch. Ich habe uns Tee bringen lassen."

Emma nahm neben Molly auf einem der beiden Polstersessel am Fenster Platz. Ein Tablett mit einer Teekanne und Tassen stand auf dem Tisch zwischen ihnen. Als sie es sich gemütlich gemacht hatten, sagte Emma: „Das ist eine wundervolle Idee. Wir hatten schon lange nicht mehr Zeit nur für uns."

Molly goss ihnen Tee ein und fügte einen Löffel Zucker zu ihrem hinzu. „Na ja, es gibt einen Grund, warum ich dich hierhergebeten habe."

Ein Missklang trat in Mollys Aura, aber Emma bohrte nicht nach. In der schamanischen Arbeit war es wichtig, die Grenzen anderer zu respektieren, besonders bei Menschen, die ihr nahestanden.

Emma war schon früh bewusst geworden, dass sie die Gabe des „Anderen" besaß. Als sie achtzehn Jahre alt war, hatte sie sich zum Grand Canyon aufgemacht, getrieben von einem Impuls, den sie weder kontrollieren konnte noch verstand. Dort waren ihre latenten Fähigkeiten zum Vorschein gekommen, und ihr Mann Nathan hatte einen großen Anteil daran gehabt. Nach ihrer Heirat und der anschließenden Geburt ihres ersten Kindes, Lucas, hatte sie einige Zeit gebraucht, um zu lernen, ihre Fähigkeiten richtig einzusetzen. Emma war Juana begegnet und hatte viel von ihr gelernt. Obwohl diese vor zwei Jahren verstorben war, spürte Emma immer noch ihre sanfte Führung, und wenn sie sich nicht sicher war, welchen Weg sie einschlagen sollte, konnte sie sich auch auf die Weisheit ihres Geistführers, Sperling, berufen, der sie seit ihrer Reise durch den Grand Canyon begleitete.

Das Schweigen zog sich in die Länge, während Molly nach Worten suchte. Emma wartete und ließ ihren Blick durch das aufgeräumte, saubere Hotelzimmer schweifen. Molly hatte noch nie materielle Dinge angehäuft. Ihre Zeit bei den Comanchen hatte ihr einen Blick für die Vergänglichkeit vermittelt, der ihr auch heute noch zu eigen war.

„Du hast doch nicht etwa auf dem Boden geschlafen, oder?“, fragte Emma in lockerem Tonfall.

Molly entspannte sich ein wenig. „Schon lange nicht mehr, obwohl es mir gewiss nichts ausmacht, wenn Matt und ich auf der Ranch zelten. Ich fühle mich auf dem Boden sehr wohl, mit den Sternen über mir und den Geschöpfen der Nacht um mich herum.“ Ihr Blick wurde nachdenklich. „Ich schätze, manche Dinge ändern sich nie.“

Als Emma acht Jahre alt gewesen war, starben ihre Eltern bei einem Überfall auf die Ranch ihrer Familie und Molly wurde vermisst. Später wurde die Leiche eines jungen Mädchens fälschlicherweise als Molly identifiziert und ihre Schwester für tot erklärt. Emma und ihre ältere Schwester Mary waren nach Kalifornien gezogen, um bei ihrer Tante zu leben. Erst später kehrte Molly auf wundersame Weise zurück und berichtete, dass sie acht Jahre lang bei den mächtigen Comanchen gelebt hatte, doch schon während dieser Zeit hatte Emma zahlreiche Visionen von Molly inmitten dieses Stammes gehabt, Visionen, denen Emma keinen Glauben geschenkt hatte, bis Molly wieder aufgetaucht war. Das war die erste wirkliche Bestätigung ihrer Gabe gewesen.

„Nein, aber manchmal schon“, sagte Emma. „Wir sind mit

einem Familienleben gesegnet, wie es Ma und Pa nie erleben durften."

Molly runzelte die Stirn. „Wir haben schon lange nicht mehr darüber gesprochen. Empfängst du manchmal Botschaften von ihnen?"

Emma hatte sich vor vielen Jahren während ihrer Initiationsreise mit ihrer verstorbenen Mutter unterhalten und Molly später davon erzählt, doch seither hatte sie keine so eindrückliche Begegnung mehr gehabt.

„Nein. Manchmal träume ich von ihnen, und ich glaube, dass sie mich in einigen dieser Träume wirklich besuchen. Ma und Pa übermitteln mir ihre Liebe und guten Wünsche, und wenn ich erwache, bin ich glücklich. Das reicht mir." Emma war sich nicht sicher, ob sie überhaupt mehr als das verkraften würde. Mit der Trauer war es so eine Sache: Wenn man Schleusen zu weit und zu lange öffnete, liefen Herz und Verstand Gefahr, darin zu ertrinken. „Ich glaube, sie sind froh, dass es uns gut geht, dass wir anständige Männer geheiratet haben und unsere Kinder sich gut entwickeln. Sie lassen uns in Frieden."

„Das ist schön zu hören." Molly stellte ihre Tasse und Untertasse auf dem Schoß ab und blickte aus dem Fenster.

„Was ist los, Molly?"

„Ich habe einen wiederkehrenden Traum, einen Albtraum, schätze ich, und es ist immer derselbe."

„Worum geht es?"

„Ich dachte, du wüsstest es vielleicht schon …"

Emma schüttelte den Kopf. „Das haben wir doch schon einmal besprochen. Ich mische mich nicht ungefragt ein, aber wenn du möchtest, dass ich für dich nachforsche, kann ich es versuchen. Ohne Garantie, versteht sich. Und natürlich erhält man nicht immer die Antworten, die man hören möchte, weshalb du es vermutlich so lange für dich behalten hast."

Auf Mollys Stirn bildeten sich Falten, als sie Emmas

Einschätzung wortlos bestätigte. „Matt weiß davon", sagte sie schließlich.

„Und was sagt er?"

„Dass ich dich fragen soll."

Emma lächelte. „Er will dir helfen, aber er weiß nicht, wie."

Molly ließ die Schultern hängen. „Genau wie ich befürchtet habe. Du hast recht. Ich habe mir gewünscht, dass es nicht mehr als ein böser Traum ist, aber diese ständigen Wiederholungen … nun, es erschöpft mich einfach."

„Erzähl mir davon!"

Molly nahm einen Schluck Tee. „Es ist immer das Gleiche. Ich bin wieder jung und bei meiner Comanchen-Familie, aber ich scheine mein Wissen von heute zu haben, denn obwohl ich mich freue, sie zu sehen, habe ich gleichzeitig Panik, dass ich meine echte Familie nie wieder zu Gesicht bekommen werde. Und dann fällt mir ein, dass Mama und Papa nicht mehr da sind, und ich bin ganz verzweifelt. Und da ist so ein … ein …" Sie griff sich mit der freien Hand an die Brust. „Ein Gefühl des Gefangenseins. Ich kann es nicht erklären. Einerseits will ich frei von den Comanchen sein und nach Texas zurückkehren, und dann wieder nicht." Ihre Stimme klang immer unsicherer, gequälter. „Und dann bricht ein Feuer aus, erfasst das ganze Zeltdorf, überall Schreie und Rauch, und ich suche nach meiner Comanchen-Familie – meinem Vater, Bull Runner, meinen Müttern, Coyote Woman und Rain Cloud, und meinen Schwestern, Sits on Ground und Running Water. Und dann finde ich Bird Fly High, den Großvater … meinen Großvater …" Ihre Stimme wurde zu einem Flüstern. „Und er ist tot, und das bricht mir das Herz."

Molly verstummte. Sie wischte sich mit der freien Hand über die Wangen, die Teetasse und Untertasse noch immer auf dem Schoß balancierend, und atmete mehrmals tief durch. Schließlich sah sie Emma an. „Kannst du damit etwas anfangen?"

Voller Mitgefühl sagte Emma: „Manchmal denken wir, dass

unsere Vergangenheit endgültig vorbei ist, aber das Herz sagt etwas anderes." Bilder strömten auf sie ein, aber sie waren ein wenig verworren, daher bat sie Sperling um Rat. Die Erkenntnisse ihres Wächters gab sie an Molly weiter. „Deine Verbindung zu den Comanchen besteht noch immer, und du trauerst um den Konflikt dieser Verbindung, als ob sie irgendwie das verrät, was du vor ihnen warst und was du nach ihnen geworden bist. Sie denken immer noch an dich, besonders Running Water."

Mollys Augen, in denen unvergossene Tränen glitzerten, spiegelten ihre Überraschung wider. „Sie lebt? Das ist schön zu hören." Sie stellte ihre Tasse Tee auf den Tisch. „Was muss ich tun, damit die Träume aufhören? Soll ich nach ihnen suchen? Nach meiner Comanchen-Familie?" Doch sie schüttelte wie zur Antwort auf ihre eigene Frage den Kopf. „Das kann ich nicht. Ich habe einen Mann und Kinder und eine Ranch zu führen. Ich kann es mir nicht leisten, auf die Suche zu gehen. Und ich kann Matt auch nicht bitten, alles stehen und liegen zu lassen und mich zu begleiten."

„Du fühlst dich schuldig."

„Vielleicht. Lange Zeit habe ich nur Wut empfunden. Sie haben mir mein Leben geraubt."

„Aber sie haben dir ein neues gegeben, wenn auch nur für eine kurze Zeit, und nach dem, was du erzählt hast, war dieses Leben nicht nur schlecht."

„Nein."

Sanft fuhr Emma fort: „Du musst die beiden miteinander in Einklang bringen und sie zu einer Einheit verschmelzen – die kleine Molly Hart und Comanchen-Molly. Wie haben sie dich genannt?"

„Kaktus-Vogel."

„Molly Hart und Kaktus-Vogel."

„Die Träume zeigen also …?"

„Ungelöste Themen."

Matt

Matt betrat das Restaurant, gefolgt von Nathan und Bill Harner, und hängte seinen Hut an einen Haken. Als er Molly und Emma an einem Tisch entdeckte, ging er zu ihnen und beugte sich hinunter, um Molly auf die Wange zu küssen.

„Ich möchte dir jemanden vorstellen." Er trat zur Seite. „Das ist Bill Harner."

Überraschung zeichnete sich auf Mollys Gesicht ab. „Sie haben heute im Korral das Pferd mit dem bestickten Halfter vorgeführt."

Bill nickte. „Das war ich. Es ist mir ein Vergnügen, Sie kennenzulernen, Ma'am."

„Bill war mal ein Texas Ranger", sagte Matt und ließ sich neben seiner Frau nieder. „Wir haben ihn heute Morgen zufällig getroffen und ihn zum Abendessen eingeladen. Ich hoffe, das macht dir nichts aus."

„Nein, ganz und gar nicht."

Nachdem die Männer sich gesetzt hatten, nahm eine Kellnerin die Bestellungen auf.

„Waren Sie alle zusammen in derselben Einheit?" fragte Emma an Bill gewandt und deutete auf ihren Mann Nathan und auf Matt.

„Ja, Ma'am."

Matt unterdrückte ein Lächeln angesichts Harners Förmlichkeit. Schließlich war dieser nicht viel älter als Molly oder Emma. „In dem Jahr, als Nathan und ich gegangen sind, war er der Frischling", sagte er.

„Es ist wirklich schön, Sie wiederzusehen, Sir", sagte Bill. „Ich habe gehört, dass Sie aus Cerillos Gefangenschaft gerettet wurden. Es hat mich nicht überrascht, dass Sie danach nicht zum Dienst zurückgekehrt sind."

„Nathan hat mich da rausgeholt“, sagte Matt, bemüht, diese Erinnerung zu verdrängen.

„Ich bin froh, dass Sie überlebt haben, Sir.“

„Nennen Sie mich Matt.“ Das hatte er ihm vorhin schon angeboten, aber es hatte offenbar nicht gefruchtet.

Die Kellnerin brachte Getränke für alle. Bill nickte lächelnd und trank einen großen Schluck Wasser.

Matt warf einen Blick auf seine Frau und registrierte, wie blass sie war. Es war dezent, aber er kannte Molly besser als jeder andere. Er lehnte sich zu ihr hinüber und fragte leise: „Geht es dir gut?“ Er machte sich Sorgen, dass sie sich etwas eingefangen haben könnte. Sie hatte nicht gut geschlafen, seit sie vor zwei Tagen in Denton angekommen waren, und auch während der letzten Monate war sie immer wieder von schlechten Träumen von ihrer Comanchen-Familie geplagt worden.

Genauso ungern wie er über seine mehrmonatige Gefangenschaft bei dem mexikanischen Banditen Augusto Cerillo sprach, redete Molly über das Trauma ihrer Kindheit, das auch den Mord an ihren Eltern einschloss. Er träumte gelegentlich immer noch schlecht deswegen. War es das, womit Molly zu kämpfen hatte? Waren es die Erinnerungen an das, was ihr in ihrer Jugend widerfahren war? Hatte es etwas mit ihren eigenen Kindern zu tun? Eli war jetzt vierzehn, Katie zwölf und Josie elf. Molly war neun gewesen, als sie entführt worden war, also etwas jünger als ihre Kinder, und für Matt war es noch immer schwer vorstellbar, wie sie das verkraftet hatte.

Doch Molly überraschte ihn mit einem breiten Lächeln, das sie augenblicklich in die strahlende Schönheit verwandelte, mit der er in den letzten fünfzehn Jahren sein Leben hatte teilen dürfen. Ohne Zweifel wäre er ohne sie verloren.

„Es geht mir gut“, antwortete sie und drückte beruhigend seine Hand. Dann wandte sie sich Bill zu. „Mister Harner, wie sind Sie zu dem Halfter gekommen, das Ihr Pferd getragen hat?“

„Das hat meine Frau gefertigt.“

„Wer war der Junge an Ihrer Seite?“

Bill schien etwas irritiert von der Frage. „Nun, das war mein Sohn.“

„Ist er …“ Molly stockte.

„Ist er was?“, fragte Matt und zog die Stirn in Falten. Mollys Verhalten verwirrte ihn.

Sie wirkte ein wenig verlegen und nippte an ihrer Limonade, bevor sie sagte: „Als ich ein Kind war, habe ich viele Jahre bei den Comanchen gelebt. Ihr Sohn … er hat das Aussehen von ihnen. Ist Ihre Frau auch von diesem Volk?“

Bill war still geworden, sein Gesicht ernst und verschlossen. Matt wusste nicht, was er sagen sollte. Molly war nur selten so direkt.

Ihre Augen weiteten sich und sie fügte schnell hinzu: „Verzeihen Sie. Es ist nur … als ich Ihr Pferd gesehen habe, hat es mich in diese Zeit zurückversetzt.“

Bill räusperte sich. „Mrs. Ryan, ich hatte ja keine Ahnung, dass Sie als Kind entführt wurden. Das muss eine schlimme Erfahrung gewesen sein.“

„Ja, zum Teil. Wird Ihr Sohn mit uns zu Abend essen? Oder vielleicht Ihre Frau?“

„Nein, Ma’am. Er kümmert sich um unsere Tiere. Und meine Frau ist … verhindert.“

Das Schweigen zog sich in die Länge. Es war offensichtlich, dass Bill ihnen seine Familie nicht vorstellen wollte. Und Molly wollte sie unbedingt kennenlernen.

„Was hast du zur Messe mitgebracht?“, fragte Nathan, um die peinliche Situation zu überspielen.

Bill erzählte von den Tieren, die er mitgebracht hatte – Pferde, Rinder und Schweine –, und das Gespräch verlagerte sich auf andere Themen. Molly verzichtete zum Glück auf weitere Fragen über Bills Sohn und seine Frau, sodass sie doch noch eine einigermaßen gesellige Mahlzeit genießen konnten.

Nachdem Molly und Matt nach den Mädchen gesehen hatten,

die früher zu Abend gegessen hatten und in ihrem Zimmer lasen, nahm er sie in seine Arme.

„War ich Bill gegenüber zu forsch, was seine Familie angeht?", fragte sie, das Gesicht an Matts Brust gedrückt.

„Ich glaube schon", murmelte er an ihrer Schläfe.

„Das tut mir leid. Aber die Mutter des Jungen muss eine Comanchin sein. Ich habe nur …" Sie seufzte und ihre Stimme klang gedämpft durch den Stoff seines Hemdes. „Ich schätze, ich habe nach einer Verbindung gesucht. Ich habe vorhin mit Emma über meine Träume gesprochen und sie glaubt offenbar, dass ich noch etwas klären muss."

Matt lehnte sich zurück und sah sie an. „Mit den Comanchen?"

„Nein. Ich meine, doch. Es hat eher mit meinen eigenen Gefühlen über das Geschehene zu tun. Es ist ziemlich verworren. Dabei dachte ich wirklich, ich hätte das alles hinter mir gelassen."

„Vielleicht musst du einfach akzeptieren, dass ein Teil von dir mit dem, was dir passiert ist, nie ganz abschließen wird." Er berührte ihre Wange und strich mit dem Daumen über ihre Unterlippe. „Willst du nach deinem Comanchen-Vater suchen? Wir könnten es zumindest versuchen."

„Danke für das Angebot, aber nein. Ich bin mir nicht sicher, was mir das bringen würde. Vielleicht hat das Gespräch mit Emma schon einige meiner Gefühle aufgelöst und ich kann wieder besser schlafen." Sie hauchte ihm einen Kuss auf den Mund. „Oder vielleicht könntest du mir dabei helfen."

Er lächelte und murmelte an ihren Lippen: „Was immer Sie wünschen, Ma'am."

Sie gab ihm einen spielerischen Schubs. „So hat Bill Harner mich die ganze Zeit genannt. Seitdem fühle ich mich alt."

Er schlang einen Arm um sie. „Dann muss ich ja uralt sein." Er küsste sie lang und zärtlich, sein Verlangen nach ihr ungebrochen.

Sie drückte sich an ihn. Auch wenn ihre Kurven ihm nach all

den Ehejahren vertraut waren, konnte er es noch immer kaum erwarten, sie zu entkleiden, die Wölbungen ihrer Brüste und die Täler darunter zu erkunden. Seit sie seine Kinder geboren hatte, war sie nur noch verführerischer geworden.

Molly unterbrach den Kuss und trat zurück, um ihm das Hemd aus der Hose und über seinen Kopf zu ziehen. Er löschte das Licht, nahm ihre Hand und führte sie zum Bett. Während er sich auf die Kante setzte, zog er sie zwischen seine Beine, wo er ihre Bluse einen Knopf nach dem anderen öffnete. Durch das Fenster fiel genug Licht von den Sternen und dem Mond, um ihm einen verlockenden Blick auf ihre Brüste unter dem dünnen Stoff des Unterhemdes zu gewähren. Er nahm eine der festen Brustwarzen in den Mund, einschließlich des Stoffes, und hielt sie an den Hüften fest, während ihr kleine lustvolle Laute entwichen. Sie lehnte sich näher heran und vergrub ihre Finger in seinen Haaren, krallte sich in seine Kopfhaut.

Er zog ihr das feuchte Hemd über die Arme, um sie vollends zu entblößen, und verwendete viel Zeit darauf, den Festschmaus vor seinen Augen ganz auszukosten, während Molly ein verlockendes Brummen von sich gab und sich an ihn lehnte, weil ihre Beine sie nicht mehr hielten.

Er ließ sich rücklings mit ihr auf das Bett sinken und umfing ihren Mund mit einem innigen Kuss. Sie schmeckte nach Honig und Hunger und verzweifeltem Verlangen. Ein Schauer durchlief ihn, als er sie an seiner nackten Brust spürte, und er drückte seine Hüfte nach oben, um ihr noch näher zu sein. Sie erwiderte den Druck mit gleicher Intensität und löste damit einen weiteren Schauer aus, der ihm über den Rücken lief und in seinen Lenden endete.

Er rollte sie auf den Rücken und richtete sich gerade lange genug auf, um sich seiner Stiefel und Hosen zu entledigen. Sie hatte begonnen, die Ösen an ihrem langen Rock zu öffnen, aber dazu fehlte Matt die Geduld. Er hob den Saum an und raffte den

Stoff um ihre Taille, dann fand er die Öffnung ihrer Unterhose und drang vollständig in sie ein.

Sie küsste ihn mit leidenschaftlichem Verlangen, während sie ihre Beine um ihn schlang. Die Absätze ihrer Schuhe bohrten sich in die Rückseite seiner Schenkel, aber das kümmerte ihn nicht. Seine Zunge umspielte die ihre, während er in wildem Takt gegen sie stieß und sie sich seinem Rhythmus mit ungezügelter Hingabe anpasste.

„Matt", keuchte sie und hielt sich an ihm fest.

Sie hatte den Abgrund erreicht und war im Begriff, sich hineinzustürzen, also gab auch er jeden Widerstand auf und folgte ihr, verband sich mit ihr in der exquisiten Vereinigung, in der sein Körper Zuflucht und Befreiung fand, in der seine Welt grenzenlos war durch seine Liebe für sie.

Schließlich kamen sie wieder auf die Erde zurück.

„Also", sagte sie mit atemloser Stimme, „das hat schneller gezündet, als ich dachte."

Er schlang seine Arme um sie, ohne sich aus ihr zurückzuziehen, und liebkoste ihren Hals. Es war wirklich viel schneller gegangen, als er beabsichtigt hatte, und nun fürchtete er fast, sie loszulassen.

Ihre Finger streichelten seinen Rücken. „Was ist, mein Liebster?"

Er küsste ihren Hals, dann ihre Wange und hob den Kopf gerade so weit, dass er sie ansehen konnte, ohne die Umarmung zu unterbrechen. „Ich bin einfach dankbar, dass ich dich damals wiedergefunden habe und du jetzt hier bei mir bist."

Sie lächelte und legte eine Hand an seine Wange.

Ihr zerzaustes dunkles Haar umrahmte ihre geröteten Wangen, die von ihrem Liebesspiel förmlich glühten. So gefiel sie ihm am besten – glücklich und zufrieden, unverstellt und natürlich – und ihr Duft umgab ihn.

„Ich liebe dich, Molly. Du bist mir wichtiger als alles andere in diesem Leben."

Ihre Lippen trafen auf seine, knabberten und leckten, und er drückte sich tiefer in sie. Er war fest entschlossen, ihr den Rock und die anderen Kleidungsstücke auszuziehen, bevor er sie erneut liebte, aber irgendwie wurden sie abgelenkt, und erst viel später hielt er sie völlig nackt in seinen Armen und sie schliefen endlich ein.

Kapitel Drei

Anna

Anna Ryan kniff die Augen etwas zusammen, um sich in der überfüllten Scheune umzusehen, in der die Haushaltswaren der Dentoner Messe ausgestellt waren. Sie war groß für ihre vierzehn Jahre – das hatte sie von ihrem Vater Logan geerbt. Ihr blondes Haar, das auf ihre Mutter Claire zurückging, war zu einem Zopf geflochten, der ihr über den Rücken fiel, und von einem Strohhut bedeckt.

An diesem Morgen war Hochbetrieb. Vor allem Frauen und Kinder, aber auch ein paar Männer begutachteten die vielen Tische mit Gemälden, Bettwäsche, Quilts und Eingemachtem. Es herrschte ein reger Wettbewerb, da viele Verkäufer eine der begehrten Auszeichnungen für ihre Waren ergattern wollten.

Trotz der allgemein fröhlichen, wenn auch geschäftigen Atmosphäre hatte Anna das Gefühl, dass etwas nicht stimmte.

Sie nahm ihren Hut ab und reckte den Kopf, um einen Blick auf die gestrickten Handtaschen auf einem Tisch zu werfen, der etwa sechs Meter entfernt stand. Eine ältere Frau hatte sich an den anderen Damen vorbeigeschoben und beobachtete die Besitzerin des Tisches mit einem merkwürdig konzentrierten gesichtsausdruck.

Als sich die Verkäuferin einer anderen Kundin zuwandte, schnappte sich die fremde Frau eine der Taschen und verstaute sie unter einem Tuch, das sie über ihren Arm gelegt hatte.

Anna schnappte nach Luft.

Sie ist eine Diebin.

Die Handbewegung war so flink gewesen, dass sie leicht hätte übersehen werden können, wenn Anna nicht genau hingeschaut hätte. Und nun schlich sich die Verbrecherin davon.

Plötzlich entstand ein Tumult in der Nähe des Tisches und Anna verlor die Täterin aus den Augen.

„Kommt", sagte Anna zu ihrem Gefolge, dem ihre beiden jüngeren Schwestern Sarah und Sophie sowie ihre Cousinen Katie und Josie angehörten. Als Älteste von ihnen war es Annas Aufgabe, auf sie aufzupassen. Das bedeutete in der Regel, ihnen zu sagen, was sie tun sollten, und meistens hörten sie sogar darauf.

„Wartet", mischte sich Katie ein, die damit beschäftigt war, Sarah ein Fadenspiel namens Tasse und Untertasse beizubringen. „Ich möchte etwas Teegebäck kaufen. Der Tisch steht in der anderen Richtung."

Die beiden machten Anna immer das Leben schwer. Katies Sturheit wurde durch Sarahs fantasievolle Art ausgeglichen, doch Anna konnte über ihre Begeisterung für Fadenspiele nur den Kopf schütteln.

„Gleich. Ich muss erst noch etwas erledigen." Anna marschierte zum Tisch mit den Handtaschen und vergewisserte sich, dass die Mädchen ihr folgten. Sie erntete einen rebellischen Gesichtsausdruck von Katie, aber nachdem Sarah den Faden von Katies Fingern gezupft hatte, kamen sie ihr hinterher.

Die Frau, die die Handtaschen verkaufte, diskutierte gerade mit einer anderen Frau. „Es fehlt eine. Ich weiß genau, dass ich drei von der gleichen Farbe hatte, und jetzt sind es nur noch zwei. Jemand hat sie gestohlen."

Eine andere Frau zerrte plötzlich einen Jungen am Arm nach vorne. Er sah aus, als wäre er etwa so alt wie Sarah und Katie, zwölf oder dreizehn.

„Er war es“, verkündete die Frau, die den Jungen festhielt.

„War ich nicht“, widersprach der Junge, unter dessen Hut kurzes, schwarzes Haar glänzte.

„Du hast die Handtasche gestohlen.“

„Habe ich nicht.“

Anna eilte vor. „Er ist unschuldig. Ich habe gesehen, wer es war. Es war eine Frau mit grauem Haar und einem leichten Hinken. Sie trug ein hellgelbes Kleid und war etwa so groß.“ Anna hielt eine Hand auf Höhe ihres Kinns.

„Du hast es gesehen?“, fragte die Besitzerin des Verkaufsstandes.

Anna nickte zuversichtlich. „Ja.“

„Von wo aus?“

Sie deutete hinter sich. „Von dort.“

„Das ist ziemlich weit weg.“

„Ich habe sehr gute Augen“, konterte Anna.

Die Frau, die den Jungen festhielt, unterbrach sie. „Nun, du irrst dich. Ich habe das hier zu Füßen des Jungen gefunden.“ Sie hielt das Beweisstück hoch. Es war die Tasche, die die Diebin gestohlen hatte.

Anna starrte den Gegenstand an, dann sah sie den Jungen an und stellte fest, dass er gemischter Abstammung war. Er hatte den Kiefer stur zusammengepresst, aber Anna war sich sicher, dass er nichts mit dem Diebstahl zu tun hatte.

„Das ist ein Irrtum“, sagte sie. „Er war es nicht.“

„Sagt wer?“ Die Frau, die ihn beschuldigt hatte, kräuselte unfreundlich die Lippen und ihre dünnen Augenbrauen bildeten eine scharfe Linie über ihren blitzenden Augen. „Du?“ Sie zog eine ihrer geisterhaften Brauen hoch. „Du bist eines der Ryan-Mädchen, nicht wahr? Ich schätze, es sollte mich nicht überraschen, dass du dich für ein Halbblut einsetzt, wenn man die

Geschichte von Molly Ryan bedenkt. Gott weiß, was für eine Erziehung ihr Mädchen in diesen Haushalten genossen habt."

Annas ganzer Körper versteifte sich und sie presste die Lippen zusammen, bevor sie noch etwas tat, das sie in Schwierigkeiten bringen würde, wie die Frau anzuspucken.

„Edith", unterbrach sie die Verkäuferin in entsetztem Ton. „Das reicht jetzt. Die Mädchen wollten doch nur helfen." Sie wandte sich an Anna. „Ihr könnt jetzt gehen. Ich werde jemanden zum Sheriff schicken, der sich darum kümmert."

Anna schluckte den Kloß in ihrem Hals hinunter. Einen Moment lang zögerte sie und sah den Jungen an, der immer noch in den Fängen der Frau war. Sie wollte noch etwas sagen, fürchtete aber, dass ihre Worte verdreht und gegen ihn verwendet werden würden.

Langsam wandte sich Anna auf dem Absatz ihrer schwarzen Stiefel um und entfernte sich, während sich die Menge vor ihr teilte. Die anderen Mädchen folgten ihr und ein Blick verriet, dass sie ebenso fassungslos waren wie Anna.

Als sie die stickige Atmosphäre der Scheune hinter sich gelassen hatten, die nicht nur von den vielen Menschen herrührte, die sich zur Mittagszeit auf engstem Raum zusammendrängten, sondern auch von der Vehemenz, mit der Edith Soundso gegen den Jungen vorgegangen war, blieb Anna vor Wut zitternd stehen. Sie wandte sich Katie zu, deren große Augen Unsicherheit ausstrahlten und die Ähnlichkeit zu ihrer Mutter, Tante Molly, unterstrichen. „Warum reden manche Leute von Mama, als wäre sie eine Art unheilbarer Ausschlag?", flüsterte Katie.

„Weil sie einen beschränkten Verstand haben und deshalb nur beschränkte Gedanken haben", sagte Anna und wiederholte damit einen Satz, den ihr Vater oft sagte. „Der Junge war es nicht. Ich habe die Frau gesehen, die es getan hat."

„Wir sollten es Pa und Onkel Logan sagen", meinte Josie mit zornig zusammengepressten Lippen. Josie hatte eine besondere Intensität, weshalb Anna froh war, sie auf ihrer Seite zu haben. Sie hatte schon öfter gehört, wie sich die Erwachsenen besorgt darüber unterhielten, dass Josies zuweilen rücksichtslose Entschlossenheit sie eines Tages in Schwierigkeiten bringen könnte.

„Vielleicht", erwiderte Anna und dachte darüber nach. „Aber ich weiß nicht, wer sie ist."

Katies Augen begannen zu glänzen. „Dann lass es uns herausfinden."

Katie hatte schon immer einen ausgeprägten Gerechtigkeitssinn besessen. Onkel Matt hatte gesagt, sie wäre ein guter Texas Ranger gewesen, wenn sie nicht so jung wäre. Und ein Mädchen. Den letzten Teil hatte er nie laut ausgesprochen, aber der Gedanke hatte sich dennoch in Annas Kopf festgesetzt.

Anna nickte entschlossen. „Kommt, Mädels. Wir werden dafür kämpfen, dass dem Jungen kein Unrecht geschieht."

Logan

Logan machte sich auf den Weg zu den Stallungen im hinteren Bereich des Messegeländes. Dort fand er Matt und Nathan, die eine der von Matt mitgebrachten Stuten begutachteten.

Er schlug die Krempe seines Hutes hoch. „Was ist los?"

Matt ging in die Hocke und fuhr mit einer Hand am Vorderbein des Pferdes entlang. „Ich habe sie heute Morgen geritten und sie scheint sich irgendetwas gezerrt zu haben."

„Dann war es vielleicht ein glücklicher Zufall, dass der Handel mit Anderson geplatzt ist."

„Willst du nur deinen Senf dazugeben oder hilfst du uns?", sagte Nathan gereizt.

„Nee, tut mir leid. Ich bin auf der Suche nach Claire."

Nathan erhob sich. „Warum?"

„Irgendeine Frau hat sich über Anna beschwert. Offenbar haben sie einen Jungen beim Stehlen erwischt und Anna hat darauf bestanden, dass er unschuldig ist. Sie hat mit den Damen diskutiert, bis sie ihr nahegelegt haben, zu verschwinden."

Matt sah besorgt aus. „Waren Katie und Josie bei ihr?"

„Ich glaube schon."

„Was machst du jetzt?"

Logan lachte in sich hinein. „Sie tadeln? Wohl kaum. Anna kann ganz schön eigensinnig sein und ich vermute, sie hat sich im Recht gefühlt. Aber diese Frau – Edith Reed heißt sie – behauptet, Anna sei unverschämt gewesen." Logan hielt inne. „Der beschuldigte Junge ist indianischer Herkunft. Und Mrs. Reed hat sich wohl ein paar bissige Kommentare über die Familie Ryan und ihre laxe Einstellung zu solchen Dingen erlaubt."

Matt fluchte leise. „Es ist eine Sache, wenn Mollys Zeit bei den Comanchen zum Gegenstand von belanglosem Klatsch wird, obwohl das schon längst Schnee von gestern ist, aber jetzt sollen auch noch die Mädchen darunter leiden?"

„Für manche Leute wird es leider nie Schnee von gestern sein", sagte Nathan.

„Nun", sagte Logan, „wenn ich Anna finde, werde ich der Sache auf den Grund gehen."

„Ich rede mal mit Katie und Josie."

„In der Zwischenzeit", unterbrach Nathan, „sollten wir Molly herholen, damit sie sich das Bein dieser Stute ansieht."

Obwohl Logans Frau Claire Ärztin war, verließ sich die Familie eher auf Molly, wenn es um Pferdeprobleme ging. Sie schien ein besonderes Gespür für die Tiere zu haben.

Katie

KATIE RYAN SAß UNAUFFÄLLIG auf einem Hocker in der Scheune, in der heute weitere Preise vergeben werden sollten. Sie und Anna hatten beschlossen, dass sie sich aufteilen und nach der Frau suchen sollten, die am Vortag die gestrickte Tasche gestohlen und zu Füßen des Jungen fallen gelassen hatte. Sie kannten zwar seinen Namen nicht, aber sie hatten gehört, dass er zum Gefängnis gebracht und verhört worden war.

Sie fragte sich, ob er jetzt hinter Gittern saß. Anna war sich sicher, dass er unschuldig war, und Katie glaubte ihrer Cousine.

„Was machst du da?"

Katie zuckte zusammen, als die Stimme ihrer Mutter erklang. Sie drehte sich um und entdeckte ihre Mutter und Tante Claire. Katies Großmutter sagte oft, dass Katie und Josie, obwohl sie ein Jahr auseinander lagen, eher wie Zwillinge aussahen und mit ihren dunklen Haaren und ihrer unbändigen Neugierde das Ebenbild ihrer Mutter in jungen Jahren seien. Allerdings war ihre Mutter im Alter von neun Jahren von den Comanchen entführt worden und erst mit neunzehn nach Hause zurückgekehrt – oder dem, was davon übrig war –, daher konnte sich Katie nicht vorstellen, woher Oma Susanna das wissen sollte. Aber ihre Großmutter nannte es Charakterstärke und sagte, die hätten sie alle.

Ihre Mutter legte die Stirn in Falten. „Warum sitzt du hier in dieser dunklen Ecke?"

Zwar log Katie ihre Eltern selten an, doch heute war sie sich nicht sicher, ob Anna es gutheißen würde, wenn sie ihnen von ihrem Vorhaben, die unbekannte alte Dame zu überführen, erzählte. Sie räusperte sich und beschloss, dass ihre Loyalität gegenüber ihren Cousinen und ihrer Schwester Josie diesmal Vorrang hatte. Zumindest, bis sie mehr wussten. Dieser letzte Gedanke erleichterte es ihr ein wenig, ihrer Mutter nicht die Wahrheit zu sagen. Sie holte eine Schnur aus ihrer Tasche und begann, sie um ihre Finger zu wickeln. „Ich übe die Jakobsleiter und warte auf Josie und Sophie", sagte sie. „Sie besorgen gerade Teegebäck."

Alle drei ließen ihren Blick über die Menge schweifen, um die Mädchen zu finden, was sie natürlich nicht konnten, da Josie und Sophie sicher ganz woanders waren.

„Weißt du vielleicht, wo Anna ist?", fragte Claire. „Ich habe gehört, dass sie Ärger mit einer Frau namens Mrs. Reed hatte."

„Oh, ja. Die Frau ist eine Hexe."

„Katie", ermahnte ihre Mutter sie in strengem Tonfall.

Katie wollte gerade wiederholen, was Mrs. Reed gesagt hatte – *du bist eines der Ryan-Mädchen, nicht wahr?* –, aber sie hielt sich zurück. Was Mrs. Reed angedeutet hatte, war falsch, und in Wahrheit war Katie unheimlich stolz darauf, eine Ryan zu sein, und sie war stolz auf das, was ihre Mama überwunden hatte, um mit Pa und ihnen allen ein neues Leben zu führen. Ihre Mutter hatte ihr erklärt, dass die Comanchen zwar wild und furchterregend sein konnten, aber auch herzlich und loyal. Wenn sie das zu Indianersympathisanten machte, dann bitte sehr.

„Schon gut, es tut mir leid", lenkte Katie ein und versuchte im Geiste, Mrs. Reed zu verzeihen, doch ihr Herz war anderer Meinung. „Aber Anna hat sich aus gutem Grund gegen sie gestellt. Der Junge hat nichts gestohlen." Sie sprang vom Hocker auf. „Kommt mit. Ich zeige euch, wo es passiert ist."

Katie führte ihre Mutter und Tante Claire zu dem Tisch, an dem die Handtaschen verkauft wurden, aber zu Katies Verdruss wurde ihre Mutter durch die Auslagen eines anderen Tisches abgelenkt.

Da sie immer noch die Aufmerksamkeit von Tante Claire hatte, lehnte Katie sich nahe zu ihr und flüsterte: „Es war eine dieser Handtaschen." Sie tat so, als würde sie sich für die Artikel interessieren.

Tante Claire betrachtete die Taschen einen Moment lang, bevor sie und Katie zu dem Tisch gingen, der Molly so sehr gefesselt hatte.

„Was schaust du dir da an?", fragte Katie.

Ihre Mutter hob einen der Gegenstände hoch. „Steinschleudern."

„Das ist Spielzeug für Jungs", sagte Katie. „Willst du Eli eine kaufen?"

„Was? Oh, ja. Sie sind so gut gemacht. Sie erinnern mich an eine längst vergangene Zeit."

„Hattest du nicht eine Steinschleuder, als du ein Kind warst?", fragte Tante Claire.

„Ja. Ich habe sie Zaunkönig genannt." Ihre Mutter wandte sich an die Frau, die hinter dem Tisch stand. „Haben Sie die Zwillen gefertigt?"

„Nein. Die bekommen wir von jemandem."

„Wirklich? Von wem?"

„Ich glaube, er heißt Harner."

„Bill Harner?"

„Könnte sein. Möchten Sie eine kaufen?"

Katies Mutter nickte. „Ja." Sie reichte der Verkäuferin die Schleuder, die sie in der Hand hielt. „Ich nehme die hier."

Die Zwille wurde in braunes Papier gewickelt und mit einer Schnur zusammengebunden. Die Transaktion war bald abgeschlossen, doch als sie gingen, schien ihre Mutter immer noch abgelenkt zu sein.

Schließlich wurde Katie doch von Gewissensbissen übermannt, weil sie ihrer Mutter nicht die ganze Wahrheit erzählt hatte. „Die Mädchen und ich versuchen, die Frau zu finden, die die Tasche gestohlen hat."

Molly blieb stehen und sah sie an. „Warum?"

„Wenn sie einmal gestohlen hat, wird sie es wahrscheinlich wieder tun. Und da Anna sie identifizieren kann, könnten wir von Nutzen sein. Außerdem wollen wir dem Jungen helfen, der beschuldigt wurde."

Molly streckte die Hand aus und strich Katie sanft eine Haarsträhne hinters Ohr. „In Ordnung. Aber bitte seid vorsichtig und geratet nicht in allzu große Schwierigkeiten. Und hütet euch vor Anschuldigungen. Wenn ihr diese Frau findet, meldet es einem Erwachsenen."

„Ja, Ma'am."

„Und wenn du Anna siehst“, sagte Tante Claire, „sag ihr, sie soll zu mir kommen. Ich muss mit ihr sprechen.“

Katie nickte.

„Wir essen um sechs Uhr im Hotelrestaurant zu Abend“, fügte ihre Mutter hinzu, als die beiden Frauen sich abwandten. „Kommt nicht zu spät.“

Erleichtert darüber, dass die Wahrheit nicht zu einem größeren Drama geführt hatte, kehrte Katie zu ihrem Hocker und ihren Fadenspielen zurück, die den wahren Grund für ihre Anwesenheit in der Scheune verschleiern sollten.

Kapitel Vier

Molly

Molly kam mit Claire bei den Ställen an, wo Claire sie sofort wieder verließ, als klar wurde, dass Logan nicht anwesend war.

„Habe ich sie vergrault?“, fragte Matt, als er sich Molly näherte. Er nahm seinen Hut ab und küsste Molly auf die Wange, wobei er etwas länger verweilte, als es schicklich war.

Molly lachte und schob ihn ein Stück von sich weg. „Sie sucht nach Anna und will mit Logan reden.“

Matt legte seinen linken Arm um Mollys Taille und sie genoss die Aufmerksamkeit ihres Mannes. Es erinnerte sie an letzte Nacht und daran, wie leidenschaftlich er ihr seine Zuneigung gezeigt hatte. Sie erlaubte sich einen kurzen, begehrlichen Kuss, bevor sie etwas Abstand zwischen sie brachte, ließ ihre Hand jedoch auf seinem Arm liegen. Weiter hinten arbeiteten ein paar junge Burschen und es wäre nicht ratsam gewesen, ihnen ein Schauspiel zu bieten und unnötigen Klatsch heraufzubeschwören. Sie trat einen Schritt zurück und strich ihren Baumwollrock glatt.

„Cale hat uns von der Verletzung der Stute berichtet“, sagte sie.

„Ich habe mich sofort auf den Weg gemacht, als ich davon gehört habe."

„Ich bin nicht sicher, wie ernst es ist. Kannst du es dir mal ansehen?"

Molly nickte und ging zu dem Pferd hinüber. Nach einer sorgfältigen Untersuchung fragte sie: „Kann sie laufen?"

„Ja, mit einem leichten Hinken."

„Ich glaube nicht, dass es etwas Ernstes ist, wahrscheinlich nur eine Zerrung. Auf unserem Zimmer habe ich eine Salbe. Ich werde eines der Mädchen damit herschicken, wenn ich sie finde. Trage sie dreimal täglich auf und lass die Stute im Stall. Du solltest Ramona neben sie stellen. Das wird sie beruhigen und ihr bei der Genesung helfen." Sie stand auf und seufzte. „Es sieht immer mehr so aus, als wäre dies nicht das Jahr für neue Zuchttiere. Es sei denn, es gibt ein anderes Angebot für die Pferde, die wir mitgebracht haben?", fragte sie hoffnungsvoll.

„Nur McCabe."

Sie stieß einen missbilligenden Laut aus.

„Nun, es ist bisher nur ein Gerücht", fügte Matt hinzu. „Und ich habe keinerlei Interesse, an diesen Mann zu verkaufen."

Holden McCabe war ein anmaßender Esel, Molly mochte ihn nicht. Er hatte im vergangenen Jahr gelegentlich ihre Gesellschaft gesucht, als sie und Matt in Dallas waren und sich ihre Wege gekreuzt hatten, aber sie empfand seine Aufmerksamkeit als unangenehm. Zum Glück war Matt immer bei ihr gewesen. Irgendetwas sagte ihr, dass es keine gute Idee wäre, mit McCabe allein zu sein.

„Ich auch nicht", fügte sie leise hinzu.

Matt ergriff ihre Hand und verschränkte seine Finger mit ihren. „Wir haben schon viele Hürden genommen. Wir werden auch das durchstehen."

„Aber hast du nicht schon einen Vertrag für die neuen Tiere unterschrieben?"

„Das schon, aber ich habe noch kein Geld gesendet." Er hielt inne. „Ich rede mal mit Cale. Vielleicht können wir die Sache noch retten. Wir könnten die Anzahl der bestellten Tiere reduzieren, denn ganz aussteigen können wir wahrscheinlich nicht."

Sie hielt seinen Blick fest. „Vielleicht sollten wir McCabes Beinahe-Angebot nicht einfach abtun. Ich könnte mit ihm reden …"

„Nein. Uns wird schon etwas einfallen." Er zog sie wieder an sich.

Sie wuschelte ihm durchs Haar, das noch immer zerzaust war, weil er seinen Hut abgenommen hatte. Es erstaunte sie immer wieder, wie gut ihr Mann mit Widrigkeiten umgehen konnte. Er war in der Lage, Sorgen einfach an sich abperlen zu lassen, und hielt sie nie lange fest. Molly versuchte schon lange, mehr wie er zu sein. An manchen Tagen gelang es ihr besser als an anderen.

„Wenn du mich so ansiehst, Mrs. Ryan, dann kriege ich wieder Lust auf mehr Kinder", murmelte er.

Die Sehnsucht nach einem vierten Kind war ihr vertraut, denn nach Josie hatte es keine weiteren Babys gegeben, auch wenn sie nicht versucht hatten, es zu verhindern. Eli, Katie und Josephine waren ihr ein und alles und sie hatte ihren Frieden damit gemacht, dass ihre Familie mit Matt vollzählig war.

„Na ja, vielleicht keine weiteren Kinder", sagte sie, „aber das heißt nicht, dass wir nicht die entsprechende Aktivität ausüben könnten …"

Er beugte sich zu ihr hinunter und küsste ihren Nacken. „Wir könnten das Abendessen ausfallen lassen."

Sie lachte. „Nein, können wir nicht. Claire und ich haben die Mädchen herbestellt. Heute Abend kommt die ganze Familie zusammen."

Seine hochgezogene Braue drückte Skepsis aus. „Und sie haben auf dich gehört?"

„Willst du damit andeuten, dass ich keine Autorität über sie habe?"

„Sie sind genau wie du, mein Schatz, und ich würde es nicht anders haben wollen. Aber wenn du von ihnen erwartest, dass sie fügsam sind, dann kennst du dich selbst nicht, geschweige denn sie."

Molly runzelte die Stirn. „Vielleicht. Na gut, wahrscheinlich."

Sein Blick fiel auf das Päckchen, das sie abgelegt hatte, bevor sie dem Pferd geholfen hatte. „Was ist das?", fragte er.

Sie hob es auf und packte die Zwille aus. „Die habe ich auf der Messe gekauft."

Matt nahm sie und betrachtete sie. „Sie ist gut gemacht. Willst du deine Kindheit wieder aufleben lassen?"

Sie starrte darauf und zuckte mit den Schultern. „Es hat mich an das Mädchen erinnert, das ich einmal war, vor dem …" *Mord an meinen Eltern*. Aber sie konnte es nicht laut aussprechen. Es war ein tief vergrabener Kummer, den sie nicht gerne wieder hervorholte. Es hatte einfach keinen Sinn.

Matt küsste sie erneut, dann legte er seine Stirn an ihre und streichelte ihre Wange mit seinem Daumen.

Sie räusperte sich und drängte die kurze Traurigkeit beiseite, dann nahm sie die Steinschleuder wieder an sich.

„Ich wollte dir etwas zeigen", sagte sie. „Schau dir diese Markierung hier an." Sie war an einer Seite ins Holz geritzt – ein kleiner Kreis mit einem Kreuz darin.

„Was ist das?"

„Es ist ein Symbol für die Comanchen. Die anderen Zwillen, die zum Verkauf standen, hatten auch eines. Und das Seltsame ist, dass die Frau hinter dem Tisch sagte, ein Mann namens Harner hätte sie ihnen geliefert."

„Bill?"

„Vielleicht. Es hat mich neugierig gemacht."

Matt lächelte. „Kein Zweifel. Ich nehme an, du würdest ihn gerne selbst fragen."

„Ja. Aber ich möchte ihn nicht vor den Kopf stoßen. Weißt du, sein Sohn sieht wirklich aus wie ein Comanche. Ich nehme an, das Gleiche gilt für seine Mutter."

„Und du glaubst, es könnte jemand sein, den du kennst? Aus dem Stamm, der dich gefangen gehalten hat? Das ist schon so lange her, und du warst noch ein junges Mädchen. Würdest du ein ehemaliges Mitglied der Kwahadi überhaupt wiedererkennen?"

Sie dachte über seine Fragen nach und sagte dann: „Wahrscheinlich nicht. Aber was ist mit meinen Träumen?"

„Hast du von Steinschleudern geträumt?", neckte er sie.

„Nein." Sie bedachte ihn mit einem übertrieben genervten Blick. „Aber ich habe von meinen Schwestern geträumt."

„Emma und Mary?"

„Nicht sie. Von meinen Comanchen-Schwestern."

„Ich werde versuchen, Bill zu finden und ihn noch einmal zum Essen einzuladen."

„Du hast meine Gedanken gelesen." Sie schmiegte sich an ihn und schlang ihre Arme um ihn. Der Duft seines frischgewaschenen Hemdes und des Mannes darunter vermittelten ihr Geborgenheit.

Er hielt sie fest. „Das ist mein Spezialgebiet, Mrs. Ryan."

Anna

Anna betrat den Stall, erleichtert, der Nachmittagssonne zu entkommen. Sie hielt inne, um sich zu orientieren. Der Geruch von Heu umgab sie, leise Männerstimmen und das Scharren der Pferde drangen an ihre Ohren. Sie entdeckte ihren Onkel Matt am hinteren Ende und ging auf ihn zu.

Als sie in seiner Nähe war, sagte sie: „Tante Molly wollte, dass ich dir das hier bringe."

Er ließ von der Stute ab und kam aus der Box, um die Salbe entgegenzunehmen. „Danke, Anna. Wo ist der Rest deines Gefolges?"

„Meine Schwestern waren müde und sind auf unser Zimmer gegangen, um zu lesen. Katie und Josie wollten sich mit Tante Em die ausgestellten Kuchen ansehen."

„Ich weiß es zu schätzen, dass du dir die Zeit genommen hast, mir das hier zu bringen." Er drehte sich um und ging wieder die Box.

Anna trat ans Gatter und beobachtete Onkel Matt, der sich hinkniete und das Vorderbein der Stute mit Salbe einrieb. „Wird sie wieder?"

„Ich hoffe es."

„Brauchst du sonst noch etwas?"

„Nein. Ich komme klar. Wenn du willst, kannst du dich den anderen bei der Kuchenbesichtigung anschließen. Wir sehen uns beim Abendessen."

Sie hatte kein Interesse daran, sich zu ihren Cousinen zu gesellen, aber das sagte sie nicht. „Bis später, Onkel Matt." Damit ging sie.

Als sie den Stall verließ, erregte ein temperamentvoller Wallach in einem nahe gelegenen Korral ihre Aufmerksamkeit, und so sah sie den Jungen erst, als es schon zu spät war. Sie stieß so heftig mit ihm zusammen, dass sie auf ihr Hinterteil plumpste.

„Verzeihung", sagte er mit tiefer Stimme und streckte ihr seine Hand entgegen.

Anna blickte auf. Es war kein Junge, sondern ein junger Mann mit dunklem Haar. Er ergriff ihre Hand und zog sie mühelos auf die Beine.

„Ich muss mich entschuldigen", sagte sie und klopfte sich die Rückseite ihres Hosenrocks ab. „Ich habe nicht auf den Weg geachtet."

Er überragte sie um ein paar Zentimeter. „Ich kenne dich. Du und dein Vater wart vor ein paar Jahren auf unserer Ranch. Du warst damals noch ein kleines Mädchen."

Anna betrachtete den Mann genauer. „Entschuldigung, aber wer sind Sie?"

„Malcolm Hardy."

„Sie sind ein Hardy?" Sie konnte ihre Überraschung nicht verbergen. Der einzige Hardy, an den sie sich erinnerte, war Roy, der ungefähr in ihrem Alter war, und sie hatte ihn überhaupt nicht leiden können. Sie schätzte Malcolm auf etwa achtzehn oder neunzehn.

„Ja. Ich bin wohl so etwas wie der Außenseiter, ein Halbbruder."

„Oh." Erschrocken bemerkte Anna, wie unhöflich sie gewesen war. Sie suchte nach einer Möglichkeit, ihren Fauxpas zu überspielen, aber ihr fiel nichts ein.

„Und du bist Anna, richtig?"

Sie nickte.

„Nenn mich Malcolm. Gefällt es dir auf der Messe?", fragte er.

„Ja", antwortete sie, ein wenig zu energisch. Doch bevor es ihr gelang, eine etwas gefasstere Haltung einzunehmen, sprudelte sie hervor: „Zwei meiner Schwestern und meine Cousinen sind auch da, zusammen mit meinen Tanten und Onkeln."

Er lächelte und Anna ertappte sich dabei, wie sie ihn anstarrte. Sie konnte sich nicht erinnern, dass einer der Hardys so gut ausgesehen hatte. Um ehrlich zu sein, wusste sie nicht viel mehr über die Familie als das, was sie gelegentlich von ihrem Vater und ihren Onkeln gehört hatte. Die subtile Verachtung, die diese Hardy-Senior entgegenbrachten, war ihr nicht entgangen.

„Also eine ganze Menge Ryans", sagte er. „Tatsächlich habe ich deinen Pa vorhin von weitem gesehen."

Es dämmerte ihr, dass sie vielleicht besser nicht mit einem Hardy sprechen sollte. Sie ließ ihren Blick über ihre Umgebung schweifen. Zum Glück war von Onkel Cale oder Onkel Nathan und vor allem von ihrem Pa nichts zu sehen, und Onkel Matt musste noch bei seiner Stute im Stall sein.

„Suchst du jemanden?", fragte Malcolm.

Sie stürzte sich auf den ersten Gedanken, der ihr in den Sinn kam. „Ich habe vor ein paar Tagen gesehen, wie eine Frau eine

Handtasche gestohlen und sie einem Jungen untergeschoben hat. Nach ihm suche ich."

„Das warst du? Davon habe ich gehört. Ich glaube, ich weiß, wo er sein könnte."

„Wirklich?" Vielleicht war es ein glücklicher Zufall, dass sie wortwörtlich mit Malcolm Hardy zusammengestoßen war.

„Soll ich es dir zeigen?"

„Ja, gerne."

„Komm mit." Er wandte sich um und sie beeilte sich, ihn einzuholen. Er ging schnell, und obwohl Anna groß für ihr Alter war, fiel es ihr schwer, mit ihm Schritt zu halten. Als er bemerkte, wie weit sie abgefallen war, verlangsamte er sein Tempo.

Sie schloss zu ihm auf und versuchte, nicht auf seine breiten Schultern zu achten. „Ich wusste nicht, dass Mister Hardy mehr als eine Frau hatte." Schon wieder eine potenziell unhöfliche Bemerkung. Warum waren ihre Gedanken in seiner Gegenwart nur so verworren?

Sie hatten die Hauptstallungen verlassen und gingen auf einen anderen Gebäudekomplex im Osten zu.

„Meine Mutter ist gestorben, als ich noch klein war."

„Das tut mir leid."

Er zuckte mit den Schultern, was ihre Aufmerksamkeit auf sein Profil und sein lockeres Auftreten lenkte. „Das spielt keine Rolle mehr. Ich war zu klein, um mich an sie zu erinnern. Aber ich habe eine Daguerreotypie." Er griff in seine Westentasche und zog eine Uhr heraus. Er öffnete den Deckel und zeigte ihr das Foto einer jungen Frau, das darin befestigt war.

„Sie war wunderschön."

„Das war sie."

Anna wusste nicht, was sie sagen sollte. Es war irgendwie rührend, dass er es aufbewahrte, obwohl er keine Erinnerungen an sie hatte, und es zog ihr das Herz zusammen. Sie hatte großes Glück, ihre beiden Eltern zu haben, die einander liebten. Und drei

Schwestern und Großeltern und ihre Onkel und Tanten väterlicherseits sowie Onkel Jimmy, den Bruder ihrer Mutter.

Nach dem, was Anna gehört hatte, war Hardy-Senior ein gestrenger Mann. Sie wollte Malcolm danach fragen, aber dieses Mal konnte sie sich beherrschen. Es ging sie nichts an, ermahnte sie sich. Aber der Wunsch, mehr über Malcolm Hardy zu erfahren, war beinahe übermächtig und absolut unverständlich. Obwohl sie seit vielen Jahren Nachbarn waren, wusste sie wenig über seine Familie und hatte sich bis zu dieser zufälligen Begegnung nicht einmal an ihn erinnert.

„Wie kommt es, dass unsere Familien sich kaum jemals sehen?“, fragte sie.

Er wandte den Blick ab und für einen Moment verhärtete sich seine Miene, doch als er sich ihr wieder zuwandte, glitzerte Belustigung in seinen Augen. „Ich fürchte, mein Vater ist nicht sehr gesellig.“

Anna spürte alles, was Malcolm nicht sagte, und es fühlte sich dunkel und schwer an. „Und wir haben so viele Mädchen in der Familie“, scherzte sie. „Ihr würdet uns wahrscheinlich alle albern finden. Hast du Schwestern?“

„Nein. Und ich finde dich überhaupt nicht albern.“ Er schenkte ihr ein halbes Lächeln, das ihren Magen in Aufruhr versetzte. „Aber ich kenne deine Cousins Eli und Lucas ein wenig.“

Anna konnte sich nicht erinnern, dass Eli und Lucas Malcolm jemals erwähnt hatten. „Bist du mit deiner Familie auf die Messe gekommen, um Tiere zu verkaufen?“

„Ich bin nicht mit ihnen hier. Ich habe für Holden McCabe gearbeitet, aber er hat mich gerade gefeuert.“

„Oh, das tut mir sehr leid. Hat er gesagt, warum?“ Vielleicht verbarg Malcolms gutes Aussehen seinen wahren Charakter und er war seinem Vater ähnlicher, als es den Anschein machte, aber Anna glaubte das nicht. Malcolm strahlte eine gewisse Ruhe und Zielstrebigkeit aus.

Anstelle einer Antwort fragte er: „Ist er das?“ Malcolm war

stehen geblieben und nickte in Richtung eines abseits gelegenen Korrals.

Anna erkannte den Jungen. „Ja. Danke.“ Sie blickte zu Malcolm in dem Bewusstsein, dass sie sich jetzt wahrscheinlich verabschieden würden. Seltsamerweise widerstrebte es ihr, dass ihre gemeinsame Zeit so schnell endete.

„Es war schön, mit dir zu reden, Anna. Vielleicht sehen wir uns ja wieder.“ Er schenkte er ihr ein Lächeln, das ihr das Gefühl gab, etwas Besonderes zu sein. Dann ging er.

Für einen Moment galoppierte ihr Herz mit voller Geschwindigkeit davon, und fast wäre ihr ein: „Oh, Himmel“ entschlüpft. Sie wollte ihn zurückrufen. Wenn Mister McCabe ihn gefeuert hatte, würde Malcolm wahrscheinlich bald abreisen, vielleicht sogar noch heute, und sie würde ihn nicht wiedersehen.

Wer hätte gedacht, dass sie nach nicht einmal zehn Minuten so sehr für einen Hardy schwärmen konnte?

Sie atmete tief durch, verdrängte Malcolms hübsches Gesicht aus ihren Gedanken und richtete ihre Aufmerksamkeit auf den Jungen, nach dem sie und die Mädchen gesucht hatten.

Sie trat an den Zaun des Korrals, wo er gerade Heu mit einer Heugabel verteilte. „Hallo“, sagte sie.

Er blickte auf und eine Spur von Argwohn flog über sein Gesicht.

Sie winkte ihm zu. „Ich bin Anna Ryan.“

„Hallo“, erwiderte er.

„Und du bist?“, hakte sie nach.

„Aaron.“

„Schön, dich kennenzulernen, Aaron.“

„Kann ich dir irgendwie helfen?“ Seine Worte kamen langsam, fast zögerlich.

„Nein. Ich möchte dir helfen. Ich weiß, dass du die Handtasche nicht gestohlen hast, weil ich die Person gesehen habe, die es war. Ich möchte zum Sheriff gehen und es ihm sagen.“

Er schüttelte den Kopf. „Du hast doch gesehen, was passiert ist, als du das schon einmal versucht hast. Du musst das nicht tun."

„Aber ich möchte es. Du bist unschuldig. Warst du nicht sogar eine Zeit lang im Gefängnis?"

„Nein, eigentlich nicht. Man hat mir nur ein paar Fragen gestellt und dann haben sie mich mit meinem Vater gehen lassen."

„Nun, das freut mich zu hören", sagte sie. „Weißt du zufällig, warum diese Frau die Handtasche vor deinen Füßen fallen gelassen hat?"

Sein Blick huschte zu ihr. „Woher weißt du das?"

„Es ist nur logisch. Ich habe gesehen, wie sie sich die Tasche geschnappt hat, und im nächsten Moment wurdest du zusammen mit dem Beweisstück zurück zum Tisch geschleift."

„Woher willst du wissen, dass ich nicht mitschuldig bin?"

Die Frage brachte Anna aus dem Konzept. Daran hatte sie nicht gedacht. Ihre Augenbrauen zogen sich zusammen. „Bist du das?"

Er zuckte mit den Schultern. „Ist das denn wichtig?"

Der Junge wirkte resigniert.

„Natürlich ist das wichtig", erwiderte sie. „Du solltest nicht zu Unrecht angeklagt werden."

„Ich will nicht unhöflich sein, aber warum sollte ein Erwachsener auf dich hören?"

Die Frage ließ sie stocken. Ihre Eltern hatten ihr immer zugehört, ebenso wie ihre Großeltern, Tanten und Onkel. Anna wurde klar, dass sie das bis zu diesem Moment immer für selbstverständlich gehalten hatte.

„Meine Cousinen und meine Schwestern wollen dir auch helfen", sagte sie. „Erlaubst du es uns?"

„Sind auch Jungen dabei?"

„Nein. Warum?"

„Ich glaube einfach nicht, dass jemand auf ein Mädchen hören wird."

Empörung flammte in Annas Brust auf. „Das werden wir ja sehen. Bist du gerade beschäftigt?“

„Ich muss meine Arbeit beenden.“ Er deutete auf das Heu.

„Ich helfe dir. Kommst du dann mit mir zu den anderen?“

„Den anderen Mädchen, meinst du?“ Sein Ton war skeptisch.

„Ja. Den Mädchen. Unterschätze uns nicht, Aaron.“

Er nickte knapp. „In Ordnung.“ Aber er klang nicht sehr überzeugt.

Kapitel Fünf

Matt

Das Restaurant in der Nähe ihres Hotels war zur Abendzeit gut besucht, doch zum Glück hatte Matt vorher zwei Tische reserviert – einen für die Erwachsenen und einen für die Mädchen. Er hatte sich nach dem langen Tag im Stall frisch gemacht und freute sich auf die Zeit mit seiner Frau, seinem Bruder und seinem besten Freund und deren Frauen. Entspannt sah er sich die Speisekarte an.

Katie erhob sich vom Nachbartisch, an dem sie mit den anderen Mädchen saß, kam zu Molly und flüsterte ihrer Mutter etwas ins Ohr. Molly nickte und antwortete ebenfalls flüsternd, dann kehrte Katie an ihren Platz zurück. Anna diskutierte gerade mit ihrer Schwester Sophie. Falten zogen sich über ihre Stirn.

Matt lehnte sich zu seiner Frau. „Worum ging es gerade?"

„Katie wollte wissen, ob wir nach dem Essen noch irgendwelche Pläne haben."

„Wieso das?"

Molly zuckte mit den Schultern und strich sich ein paar verirrte Strähnen hinters Ohr, die sich aus ihrem Dutt gelöst hatten.

„Entgegen deiner Annahme verhöre ich die Mädchen nicht wegen jeder Kleinigkeit."

Matt warf ihr einen zweifelnden Blick zu.

„Na gut", räumte sie ein. „Ich bin nur ein bisschen subtiler als du. Lass uns einfach abwarten, wie sich die Sache entwickelt. Wir wollen ja nicht aus einer Mücke einen Elefanten machen."

„Du vergisst, dass ich dich schon als Kind kannte, und da warst du auch nicht zu bändigen."

Molly lachte. „Und das habe ich natürlich auf unsere Töchter vererbt, ja?"

„Daran habe ich keine Minute gezweifelt."

„Nun", fuhr sie fort, „wir haben doch nichts vor, oder? Ich habe Katie gesagt, dass sie gehen können, sobald sie mit dem Essen fertig sind."

„Damit bin ich nur einverstanden, wenn Anna mit dabei ist. Sag ihr das bitte."

Molly trank einen Schluck Wasser und erwiderte: „Das kannst du ihr selbst sagen."

„Wie geht's der Stute?", fragte Logan von der anderen Seite des Tisches.

„Ich habe Mollys Salbe aufgetragen; der Rest wird sich zeigen", sagte Matt.

Nathan lehnte sich zurück, einen Arm auf Emmas Stuhllehne gestützt, und grinste. „Sieht so aus, als hätte Cale eine Überraschung."

Matt warf einen Blick über seine Schulter und erblickte Cales Frau.

„Tess!" Molly sprang von ihrem Sitz auf und umarmte die Frau. „Seit wann seid ihr denn hier? Wir hatten keine Ahnung, dass ihr kommt."

„Es war eine ganz spontane Entscheidung."

Claire und Emma standen auf und begrüßten Tess mit herzlichen Umarmungen, bevor diese kurz bei den Mädchen vorbeisah und von ihnen ein Lächeln und freudige Rufe erntete.

Dank ihrer Erzählkünste war Tess bei ihren Nichten und Neffen sehr beliebt.

Nathan erhob sich von seinem Platz und bot ihn Tess an, während Matt dem Kellner signalisierte, noch einen Stuhl zu bringen.

Als alle sich gesetzt hatten, sagte Tess: „Susanna hat angeboten, die Kinder zu betreuen, deshalb konnte ich unseren Vorarbeiter begleiten, der seine Schwester hier in der Stadt besuchen wollte."

Matt war nicht überrascht, dass seine Mutter Tess zur Hilfe gekommen war. Susanna Ryan kümmerte sich rührend um alle ihre Enkelkinder, auch um die Kinder von Cale und Tess, obwohl diese genau genommen gar nicht ihre Enkel waren. Sie hatte ohne Zögern die Rolle der Familienältesten übernommen, und auch wenn sein Vater mit den Kleinen nicht so viel anfangen konnte, gönnte er seiner geliebten Frau ein Haus voller Enkelkinder von ganzem Herzen.

Sie bestellten das Abendessen – Roastbeef mit Limabohnen, Beefsteak mit Zwiebeln und gebackene Forelle mit Sardellensoße, dazu Whiskey für die Männer und Sherry für die Frauen – und plauderten unter viel Gelächter über die Messe, die Pferde und Tess' Anreise. Es war schon eine Weile her, dass alle vier Paare zusammen gewesen waren und für Matt gab es kein größeres Glück, als von denen umgeben zu sein, die er am meisten liebte und respektierte.

Seine gute Laune wurde erst getrübt, als Holden McCabe auftauchte.

„Hier gibt's wohl was zu feiern", sagte McCabe, der weitaus vornehmer gekleidet war, als es dieses Restaurant rechtfertigte. Sein nach hinten frisiertes dunkles Haar betonte sein noch jugendliches Gesicht, obwohl er bereits Mitte dreißig war, fast so alt wie Molly. Und obwohl er sich sympathisch gab, entging Matt nicht die kühle Berechnung im Blick des Mannes. Er war ein gerissener Kerl.

„Nur ein Familientreffen", erwiderte Matt.

„Familie ist wichtig. Sie wissen es vielleicht nicht, aber ich habe meine liebe Mutter mit auf die Messe genommen."

„Gefällt es ihr?", fragte Molly und verdrehte ihren Hals, um zu ihm aufzuschauen.

„Das tut es, danke. Aber ich wollte Sie um einen Gefallen bitten. Würden Sie mit uns zu Abend essen? Morgen vielleicht?"

McCabe sah bei seiner Frage nur Molly an. Matt lagen mehrere Antworten auf der Zunge und keine davon war besonders höflich.

Während sich Stille über den Tisch senkte, begegnete Molly Matts Blick.

„Meine Mutter …", McCabe zögerte, beugte sich dann ein wenig hinunter und sagte mit leiser Stimme, „… sie interessiert sich für Ihre Zeit bei den Comanchen."

Matt unterdrückte seinen Ärger über McCabes unangemessenes Verhalten gegenüber Molly, vor allem, als diese sich zurücklehnte, um einen, wenn auch nur geringen, Abstand zwischen sich und McCabe zu bringen.

„Ich bin mir nicht sicher, wie unser Zeitplan aussieht", sagte Molly.

„Es würde ihr sehr viel bedeuten. Sie gelten in dieser Gegend als Expertin, was diesen gefürchteten Stamm angeht."

Matt erkannte Mollys Zwiespalt an der Falte zwischen ihren Brauen, die sich vertiefte. Seine Frau war normalerweise ein zurückgezogener Mensch, aber sie half auch gern, wo sie konnte. Und McCabe appellierte an ihr Gewissen, verdammt.

„Ich komme gern", sagte sie, aber es lag wenig Dankbarkeit in ihrem Tonfall.

Eines hatte Matt in den Jahren, in denen er mit Molly verheiratet war, gelernt: Sie mochte es nicht, wenn man ihr sagte, was sie tun sollte. Er mischte sich selten in ihre Entscheidungen ein, aber jetzt würde er es tun.

„Wir beide", fügte Matt hinzu.

Molly warf ihm einen erleichterten Blick zu.

Die leise Verachtung in McCabes Miene verriet, dass er offensichtlich gehofft hatte, Molly ganz für sich allein zu haben, doch er richtete sich auf und sagte nur: „In Ordnung.“ Er ließ seinen Blick über den Tisch schweifen. „Es war mir eine Freude, Sie alle wiederzusehen.“ Zu Matt und Molly sagte er: „Wir sehen uns morgen Abend.“

Damit verließ er sie.

„Was zum Teufel hat McCabe für ein Problem?“ fragte Logan.

Ein paar Plätze weiter hob Cale eine Augenbraue. „Dabei hat er nicht einmal erwähnt, ob er unsere Pferde noch will.“

„Er hat ein Auge auf Molly geworfen.“ Nathan winkte den Kellner heran und zeigte auf Matts leeres Whiskeyglas. „Ich glaube, du brauchst einen zweiten.“

Damit lag Nathan nicht falsch, und Matt nickte dankend.

„Er macht sich nicht mal die Mühe, es vor Matt zu verbergen“, sagte Cale.

„Ich habe nie behauptet, er sei besonders clever“, fügte Nathan hinzu.

Molly seufzte und ergriff Matts Hand. „Das ist doch lächerlich. Er hat sich nicht in mich verguckt. Es muss einen Grund für sein Interesse geben und der hat wahrscheinlich mit seiner Mutter zu tun. Wenn ich helfen kann, dann werde ich das tun.“

Matt entging der stumme Blickwechsel zwischen ihr und Emma nicht.

„Glaubst du, es hat etwas mit deinen Träumen zu tun?“, fragte er.

Molly zuckte mit den Schultern. „Der Gedanke ist mir gekommen; deshalb habe ich letztendlich zugestimmt.“

Cale runzelte die Stirn. „Wovon redet ihr?“

„Ich hatte in letzter Zeit immer wieder schlechte Träume … richtige Albträume … über meine Comanchen-Familie.“

Nathan wandte sich an seine Frau. „Hast du versucht, etwas in Erfahrung zu bringen?“

Emma nickte. „Molly und ich haben darüber gesprochen.

McCabe ist in meinen Visionen nicht aufgetaucht, aber Molly könnte auf der richtigen Spur sein, wenn sie sich mit seiner Mutter trifft. Wenigstens springt ein kostenloses Essen für euch heraus."

„Nur über meine Leiche", murmelte Matt. „Ich kann meiner Frau durchaus eine anständige Mahlzeit bezahlen."

Molly drückte seine Hand, die sie noch nicht losgelassen hatte, und lachte. „Ich bin froh, dass du mit mir kommst."

„Daran gab es nie einen Zweifel. Ich würde dich niemals mit diesem Mann allein lassen."

„Das werde ich auch nicht sein. Seine Mutter ist ja dabei."

„Das glaube ich erst, wenn ich es sehe."

Anna kam an den Tisch und fragte Logan: „Dürfen wir aufstehen, Pa?"

Claire blickte zu ihrer Tochter auf. „Wollt ihr keinen Nachtisch?"

„Nein, danke."

Logan bedachte sie mit einem nachdenklichen Blick. „Was habt ihr Mädchen vor?"

„Nichts", antwortete Anna. „Wir wollten zu den Ställen gehen, wenn das in Ordnung ist. Die anderen gehen auch."

„Bitte bleibt zusammen", warf Molly ein.

„Ich werde auf sie aufpassen."

Logan blickte zu Matt, der seinem Bruder leicht zunickte.

„Dann ist es wohl in Ordnung", sagte Logan.

Josie und Katie kamen zu Molly und küssten sie, bevor sie auch Matt einen flüchtigen Kuss auf die Wange drückten. „Tschüss, Pa."

In Windeseile waren die fünf verschwunden.

Claire nippte an ihrem Sherry. „Denkt ihr, sie werden sich benehmen?"

„Sie sind gute Mädchen", erwiderte Molly.

„Das waren wir alle", sagte Emma. „Das heißt aber nicht, dass wir nicht auch mal Mist gebaut haben."

Molly lachte. „Stimmt. Na schön, nach dem Essen gehen wir alle zu den Ställen."

„Glaubst du, es kommt gut an, wenn wir ihnen zu acht nachspionieren?“, fragte Matt.

„Nein, vermutlich nicht.“

„Logan und ich werden ihnen folgen“, fügte er hinzu. „Wir können immerhin auf unsere Erfahrung als Gesetzeshüter zurückgreifen.“

Molly hob eine Augenbraue. „Du meinst also, dafür braucht es einen Ex-Texas-Ranger und einen Ex-Deputy? Das ist nicht gerade beruhigend.“

„Du hast recht“, sagte Matt. „Das ist eine Nummer zu groß für uns.“

Alle lachten.

Kapitel Sechs

Logan

Logan ging neben Matt in Richtung der Ställe und nickte den Menschen zu, die sie passierten. Die Sonne war untergegangen und mit jedem Tritt ihrer Stiefel auf dem hölzernen Bürgersteig verblasste das Orange des Himmels mehr und mehr und verwandelte sich in grau. Die Luft war kühl geworden. Logan knöpfte seinen Mantel zu und schlug den Kragen hoch, um seinen Hals warm zu halten.

Nach einem Abend mit guten Freunden und Familie sowie der einschläfernden Wirkung eines Gläschens Whiskey, das Logan nach dem Abendessen genossen hatte, strömte eine wohlige Wärme von seinem Bauch bis zu seinem Herzen und ließ ihn ganz sentimental werden. Unweigerlich musste er an seine Frau und seine Töchterschar denken.

Seine Mädchen waren das Beste, was Logan je passiert war, abgesehen von der Heirat mit Claire. Sein Leben war mit mehr Liebe, Lachen und Dankbarkeit erfüllt, als es ein Mann wahrscheinlich verdiente. Denn zugegebenermaßen war er vor seiner Hochzeit ein wenig rastlos gewesen, war umhergezogen, hatte verschiedene Jobs gehabt und mit Frauen verkehrt, die nicht gut für ihn gewesen waren – am allerwenigsten Dee. Er dankte täglich jedem Gott, den er kannte, dass er ihn zur Vernunft gebracht und ihm Claire vor die Tür gesetzt hatte, oder vielmehr vor die Tür seiner Eltern, wo sie mit der längst tot geglaubten Molly zusammen aufgetaucht war. Es war immer noch eine unglaubliche Geschichte.

„Ich muss mich wirklich bei Molly bedanken“, sagte Logan.

Matt schob den Zahnstocher, den er im Restaurant erhalten hatte, in den anderen Mundwinkel. „Wofür?“

„Dafür, dass sie Claire zu mir gebracht hat.“

„Du fängst doch nicht etwa an zu weinen, oder? Ich vergesse immer wieder, dass du keinen Alkohol mehr verträgst.“

Logan lächelte, unbeeindruckt von Matts Sticheleien. „Das stimmt nicht. Ich bin nur glücklich, das ist alles.“

Matt wandte sich glucksend ab.

„Aber manchmal frage ich mich, ob das Schicksal mich warnt, ich solle nicht so voreilig sein“, fuhr Logan fort.

Matt warf ihm einen Blick zu und seufzte. „Na gut, spuck’s aus. Aber das nächste Mal, wenn du beim Abendessen trinkst, lasse ich deinen melancholischen Arsch bei deiner Frau.“

Logan ignorierte Matts Unmut und fuhr fort: „Ich schätze, das kommt davon, wenn man nur Töchter hat – sie halten einen Mann im wahrsten Sinn des Wortes auf Trab.“

„Und was ist mit Jimmy?“

Stimmt. Logan war nicht immer der einzige Mann im Haushalt gewesen, denn Jimmy, Claires kleiner Bruder, hatte seit seinem achten Lebensjahr bei ihnen gelebt. Logan hatte ihn wie einen Sohn aufgezogen.

„Ja, schon, aber Jimmy ist seit fünf Jahren weg.“ Der Junge hatte im Osten Paläontologie studiert und arbeitete jetzt in Wyoming. „Aber ich bin verdammt stolz auf ihn.“

Matt nickte. „Das sind wir alle.“

„Du hast auch Töchter. Du musst zugeben, dass es etwas anderes ist, als Jungs aufzuziehen.“

Sie traten von den Holzplanken des Bürgersteigs auf die unbefestigte Straße. Aus einem Saloon auf der gegenüberliegenden Seite ertönte schrilles Gefiedel. Sie ließen einen Pferdewagen passieren, bevor sie die Straße überquerten.

„Da kann ich dir nicht widersprechen“, sagte Matt. „Aber jetzt fang nicht wieder an, über Sarah nachzugrübeln.“

Logan liebte alle seine Mädchen, aber bisher hatte er nur Matt und Claire anvertraut, dass er Sarah gegenüber eine besondere Zuneigung verspürte. Schon ihre Geburt war schwierig für Claire gewesen, und danach hatte Sarah sich nicht so gut entwickelt. Sie hatten damals in Pennsylvania gelebt, wo Claire Medizin studierte, und es war eine der schwierigsten Zeiten ihres Lebens gewesen, als sie beinahe ihr Neugeborenes verloren hätten. Aber dann war seine Mutter für längere Zeit zu ihnen gekommen, um ihnen bei der Versorgung der einjährigen Anna und des neunjährigen Jimmy zu helfen, damit Claire sich ganz auf Sarah konzentrieren konnte. Seine Ma war für Claire wie eine Mutter gewesen, als seine Frau diese am meisten gebraucht hatte. Schließlich hatte sie ihre eigene Mutter ein paar Jahre zuvor verloren.

„So ein Spielverderber bin ich nun auch wieder nicht, oder?“

Matt betrachtete ihn mit zusammengekniffenen Augen, während sie die Hickory Street entlanggingen. „Verlange nicht, dass ich lüge.“

„Und du bist der Inbegriff eines Optimisten, nicht wahr?“

„Ich finde schon.“

„Wenn ich mich an schwere Zeiten zurückerinnere, dann nur, damit ich wieder zu schätzen weiß, was ich alles habe. Und so sehr ich meine praktische Anna, meine süße und ruhige Sophie und die stets ungestüme Ellie auch vergöttere – in diesen ersten Tagen von Sarahs Leben ist etwas mit mir geschehen. Es ist ein Band entstanden, das ein ganz eigenes Leben angenommen hat. Wenn eine Seele eine andere davon abhalten kann, dieses irdische Dasein zu verlassen, dann habe ich verdammt noch mal dafür gesorgt, dass Sarah bei uns bleibt. Es gibt nichts, was ich nicht für Claire und meine Mädchen tun würde.“ Das wusste er im tiefsten Inneren.

Matt klopfte Logan auf den Rücken und drückte seine Schulter. Trotz aller Kabbeleien zwischen ihnen wusste Logan, dass er sich immer auf seinen Bruder verlassen konnte.

„Du bist so ein Weichei.“

Logan schnaubte. „Und du etwa nicht?“

„Wir reden nicht über mich.“

„Ich habe überlegt, ob ich Sarah mitnehmen soll, um Jimmy in Wyoming zu besuchen.“

Jimmy hatte sich mit Sarah angefreundet, als sie noch ganz klein gewesen war, und später waren sie zu engen Verbündeten geworden, die sich vor ihren Pflichten drückten und heimlich auf die Suche nach Steinen, Fossilien und Tierknochen machten. Sie durchstreiften tagelang vollkommen zufrieden die Landschaft, ohne auf irgendeine Menschenseele zu treffen, und wirkten mehr wie Bruder und Schwester als wie Onkel und Nichte, mit ihren blonden Haaren und einem Lächeln, das eher von der Waters-Linie als von Logans Familie stammte. Es kam also nicht überraschend, als Jimmy beschlossen hatte, Paläontologie zu studieren.

„Das würde ihr sicher gefallen“, sagte Matt. „Und Jimmy auch. Das solltest du machen. Ich kann euch Eli rüberschicken, um Claire ein bisschen zur Hand zu gehen, während du weg bist.“

„Das wäre eine große Hilfe.“

Beide hielten kurz inne, als sie die Szene bei den Ställen erblickten. Das Licht der Straßenlaternen tauchte die dort herumwuselnden Kinder, darunter auch ihre Töchter, in einen fast himmlischen Schein.

Logan runzelte die Stirn. „Ist es das, wonach es aussieht?“

Matt stieß ein leises Glucksen aus. „Ich muss zugeben, dass ich ein bisschen erleichtert bin.“

„Warum das?“

„Unsere Mädchen wollen also doch keine Probleme verursachen."

„Du bist verrückt, wenn du glaubst, dass wir damit keine Probleme haben werden. Wir müssen wahrscheinlich für jedes Mädchen einen mit nach Hause nehmen."

Matts Augen funkelten belustigt. „Das wäre vielleicht gar nicht so schlimm", murmelte er.

„Denkst du an Ranger?", fragte Logan. Er meinte den Hund, der dreizehn Jahre lang zu Matts und Mollys Familie gehört hatte, bevor er im letzten Frühjahr verstorben war.

„Ich vermisse den alten Jungen immer noch." In Matts Stimme schwang Wehmut mit.

Ranger war ein großartiger Hund gewesen und sehr nützlich beim Viehhüten. Sowohl Logan als auch Matt besaßen mehrere Hunde, die normalerweise bei den Rancharbeitern untergebracht waren, aber gelegentlich schlich sich einer ins Haupthaus und in die Herzen der Mädchen. Im Moment hatten sie sowohl auf Dove Crossing als auch auf Rocking Wren keinen Haushund.

Logan blickte wieder auf die Szene vor ihnen: Mehrere Kinder aus der Stadt hatten sich vor den Ställen versammelt, um mit einem Wurf von Welpen zu spielen. Es wurde viel gequietscht und getobt und schlabberige Hundeküsse verteilt, und inmitten der cremefarbenen Fellbündel befanden sich seine Töchter sowie Katie und Josie.

„Sollen wir sie auf uns aufmerksam machen?", fragte Logan. „Das gerät doch bestimmt außer Kontrolle."

„Wie hättest du dich gefühlt, wenn Pa uns auf Schritt und Tritt überwacht hätte? Ich denke, wir sollten sie in Ruhe lassen."

„Und du nennst mich sentimental."

Mindestens ein Dutzend weitere Kinder spielten mit den Welpen, was eine große Nachfrage nach den Hunden vermuten ließ. Entweder würde er irgendwie eine ganze Schar von Welpen nach Hause transportieren müssen oder drei sehr betrübte

Mädchen. Seufzend gestand er sich ein, dass er bereits wusste, welche Option er wählen würde.

„Hier gibt es nicht genug Welpen für alle Kinder“, dachte er laut.

„Du unterschätzt unsere Mädchen. Lass das Betteln beginnen.“

„Wie lange wirst du durchhalten?“

„Nicht lange.“

Logan lachte. „Ja, ich auch nicht.“

„Vielleicht sollten wir sie zu Molly und Claire schicken.“

„Im Ernst? Als ob die Mädchen nicht sowieso zuerst zu ihren Müttern gehen würden. Aber wenn wir unsere Karten richtig ausspielen, werden unsere Frauen uns etwas schuldig sein.“

„Stimmt.“

Es war schon eine Weile her, dass Logan eine entspannte Unterhaltung mit seinem Bruder hatte führen können. Normalerweise waren sie so sehr mit ihren jeweiligen Ranches und Familien beschäftigt, dass sie sich nur sahen, wenn auch alle anderen anwesend waren.

„Erinnerst du dich an Marley?“, fragte Logan und bezog sich auf den Hütehund, den sie als Kinder gehabt hatten.

Matt lächelte. „Das war ja mal ein Hund.“

„Der faulste Köter, der je gelebt hat.“ Aber Logan konnte die Zuneigung in seiner Stimme nicht unterdrücken.

„Er mochte es einfach nicht, unnötig Energie zu verschwenden.“

„Seine vermeintlichen Verletzungen waren legendär“, sagte Logan und dachte an die vielen Male, in denen Marley sich scheinbar plötzlich den Knöchel verstaucht hatte und unter einen schattigen Busch gehumpelt war, wenn es an der Zeit war, seine Hüteaufgaben zu erfüllen. „Meine Mädchen lieben diese Geschichten.“

„Meine auch. Besonders die mit dem Kater.“

„Scout?“ Logan hatte das große orangefarbene Katzenvieh, das in ihrer Scheune gelebt hatte, fast vergessen.

„Ja.“

„Erinnere mich noch mal, was passiert ist.“

„Da war dieses eine Mal, als Scout ganz stolz und aufgeplustert auf dem Zaun saß und der gute Marley daherkam. Er bemerkte, dass Scouts Schwanz herunterhing, nahm die Spitze in sein Maul und riss ihn zu Boden.“

Logan kicherte. „Jetzt weiß ich es wieder. Scout ging es gut, aber sein Ego war schwer angeschlagen.“

„Damit hat Marley bewiesen, wie sehr er diese Katze hasste.“

„Ich glaube, das Gefühl beruhte auf Gegenseitigkeit.“

Sie wandten sich ab und machten sich auf den Rückweg zum Hotel. „Denkst du, Eli wird eines Tages die Rocking Wren übernehmen?“, fragte Logan.

„Er wird schon bald auf und davon sein“, antwortete Matt. „Genau wie Jimmy.“

„Ich glaube, da irrst du dich. Eli wird bleiben. Er erinnert mich an Pa. Die Rancharbeit liegt ihm im Blut, mehr noch als es bei mir und dir der Fall war. Vielleicht ist er derjenige, der einmal die SR übernimmt“, fügte Logan hinzu und meinte damit die Ranch ihrer Eltern.

„Es würde Molly freuen, ihn in der Nähe zu haben.“

„Das kann ich mir vorstellen. Aber was ist mit unseren Mädchen? Glaubst du, sie bleiben in der Gegend?“

Matt schwieg für einen Moment, während sie auf den zentralen Platz in der Stadtmitte zuhielten. „Natürlich würde ich sie gerne alle nahe bei mir behalten. Aber ich kann dieses Feuer in Katies Augen sehen, diesen Hunger nach mehr. Ich hatte es, und du auch.“

„Aber wir waren keine Mädchen.“

„Sag das besser nicht laut. Sonst bist du bei Claire unten durch.“

Logan lachte. „Du hast recht. Ich fürchte, ein normales Leben würde auch nicht zu meinen Töchtern passen. Es braucht schon einen besonderen Mann, um ihnen das Wasser zu reichen.“

„Hüte deine Zunge. Wenn es nach mir geht, wird kein einziger Kerl unser Haus betreten."

„Viel Glück dabei. Und vielleicht bleibt Josie ja. Sie ist so ein Familienmensch."

„Sie ist eine alte, weise Seele. Ich wäre froh, sie bei mir zu haben." Matts Gesicht wurde weich. Was Logan für Sarah empfand, fühlte Matt für Josephine.

„Und was ist mit deinen Mädchen?", fragte Matt.

„Nun, wir alle wissen, dass Anna nicht nur unseren Haushalt, sondern auch deinen und den von Ma führen könnte, ohne mit der Wimper zu zucken. Sie ist so selbstsicher und zielstrebig – es wäre eine Schande, wenn sie bei Claire und mir versauern würde. Ich weiß, dass sie gehen muss. Wahrscheinlich wird sie wie Claire Ärztin werden wollen und ein Teil meines Herzens wird mit ihr gehen. Ich hoffe, ich überlebe es." Seine Stimme brach. „Verdammt. Ich verwandle mich in einen Dummschwätzer, nicht wahr?"

„Das hast du gesagt, nicht ich." Nach einer kurzen Pause fügte Matt hinzu: „Vielleicht haben wir in unseren jungen Jahren zu hart und zu rau gelebt. Ich vermute, Ma hat den lieben Gott mehr als einmal um unsere Rettung angefleht, und er hat sie nicht enttäuscht. Er hat uns diese Mädchen geschickt."

Logan gefiel der Gedanke. „Wenn ich Sarah mitnehme, um Jimmy in Wyoming zu besuchen, wird sie wahrscheinlich nicht wieder zurückkehren, sondern seine Assistentin werden wollen. Vielleicht ist das der Grund, warum ich die Reise bis jetzt aufgeschoben habe."

Matt klopfte ihm auf die Schulter. „Du musst sie mitnehmen."

„Ich weiß."

„Was ist mit Sophie?"

Logan dachte an seine dunkelhaarige dritte Tochter, die elf Jahre alt war und bereits in dicken Romanen schmökerte. Sie schrieb auch viel, meist in ihr Tagebuch, das mit Geschichten und Gedanken über die Tiere und Landschaften von Nordtexas gefüllt war. Gelegentlich zeigte sie es ihm, aber er drängte sie nie dazu. Sie hatte ein scharfes Auge und fügte manchmal Zeichnungen von Vögeln oder Eichhörnchen hinzu, einmal sogar von einer Schlange – zum Glück war es keine Klapperschlange, sondern eine harmlose Gophernatter.

„Vielleicht muss ich sie irgendwann rauswerfen“, sagte Logan, wobei er genau wusste, dass er dazu niemals in der Lage wäre. „Sie ist zu sehr auf ihre Bücher fixiert. Ich fürchte, das Leben wird an ihr vorbeiziehen.“

Matt lachte in sich hinein. „Wusstest du, dass sie *Frankenstein* und *Moby Dick* aus Pas Bibliothek mitgenommen hat?“

„Das wundert mich nicht. Ma versucht immer, sie dazu zu bringen, *Betty und ihre Schwestern* zu lesen, aber sie zieht es zu den dunkleren Stoffen.“

„Und die kleine Ellie?“, fragte Matt.

Logans jüngste Tochter war gerade zehn geworden und sein ganzer Stolz. Sie war nicht mit zur Messe gekommen, weil sie krank gewesen war, aber seine Mutter hatte ihm versichert, dass sie nur ein paar Tage Bettruhe bräuchte. Sie würde sich um Ellie kümmern. Susanna Ryan hatte eigentlich keine Lieblinge unter ihren Enkelkindern, doch zu Eleanor hatte sie eine besondere Verbindung.

Als sie das Hotel erreichten, trennten er und Matt sich. Logan freute sich darauf, Claire zu erzählen, dass sie bald einen Welpen bekommen würden.

Kapitel Sieben

Katie

Honig tropfte auf Katies Finger, als sie sich das Brötchen in den Mund stopfte. Sie leckte sie sauber und wischte sie an ihrem Rock ab.

Anna und die anderen traten auf den Bürgersteig vor dem Hotel.

„Na endlich", nuschelte Katie mit vollem Mund. „Ich warte schon einer Ewigkeit."

Anna runzelte die Stirn. „Sophie hat ihre Unterwäsche gesucht. Wie sich herausstellte, lag sie unter dem Bett. Und du solltest nicht mit vollem Mund reden."

Katie verdrehte die Augen. Manchmal war Anna eine echte Glucke, was Katie ziemlich nervte.

„Na los, kommt", sagte Katie und winkte alle heran, während sie auf die Straße trat, die voller Fußgänger, Kutschen und einzelner Reiter war. Schnellen Schrittes ging sie voran.

„Warum so eilig?", fragte Anna und versuchte, mit ihr Schritt zu halten.

„Ich habe sie vor nicht einmal fünf Minuten gesehen." Katie zeigte geradeaus. „Sie ist in diese Richtung gegangen."

„Wer?"

„Die alte Dame."

„Bist du sicher, dass sie es war?"

„Ziemlich sicher. Du hast sie gut beschrieben."

Sie verließen das Stadtzentrum mit dem zweistöckigen Gerichtsgebäude und liefen die Bell Avenue hinauf, wo sie einem vorbeirumpelnden Fuhrwagen ausweichen mussten. Als sie einen Gemischtwarenladen passierten, blickte Katie über ihre Schulter. Ja, sie hatte ihre Cousine richtig eingeschätzt. Sophie war stehen geblieben, um sich die Bücherauslage im Schaufenster anzusehen.

„Sophie, dafür haben wir keine Zeit", sagte Katie.

Ihre Cousine starrte weiterhin durch das Fenster, ganz gebannt von den Büchern.

„Sophie!", rief Anna, die sich offensichtlich noch mehr über ihre kleine Schwester ärgerte als Katie.

Schließlich drehte Sophie sich mit großen Augen zu ihnen um „Das ist eine Sherlock-Holmes-Ausgabe. Die erste. Eine Sammlung aller Kurzgeschichten."

Das erregte Katies Aufmerksamkeit. „Wirklich?" Sie ging zurück zum Fenster.

Gemeinsam mit Sophie starrte sie auf das Exemplar von Sir Arthur Conan Doyles *Die Abenteuer des Sherlock Holmes*.

Sophie liebte es zu lesen. Sie hatte mehrere Zeitschriften erworben, in denen die Geschichten von Mister Doyle abgedruckt waren, und sie Katie ausgeliehen, da sie von deren Faszination für Detektive wusste.

„Alle Geschichten zusammen in einer Ausgabe zu haben …" Katies Stimme war leise und voller Ehrfurcht.

„Oh, um Himmels willen!", rief Anna. „Erzählt Pa und Onkel Matt von dem Buch, und ich bin sicher, dass einer von ihnen es für euch kaufen wird."

„Und wenn es nur dieses eine Exemplar gibt?“, fragte Sophie beinahe ängstlich.

Entnervt erwiderte Anna: „Wenn wir fertig sind, kommen wir zurück. Ich habe Geld dabei und werde das verdammte Ding für euch kaufen.“

Josie schnappte nach Luft. „Du hast geflucht.“

Anna ignorierte den Vorwurf. „Kommt schon, sonst verlieren wir die alte Dame.“

Doch Josies Bemerkung hatte die Aufmerksamkeit aller vom Buch abgelenkt. Katie sah, dass Sarah in sich hineingrinste.

Anna straffte die Schultern. „Na schön. Ich entschuldige mich und lade euch alle zu einer Limonade ein. Wie wäre das?“

Das schien Josie zu besänftigen, die achselzuckend zustimmte, doch nun meldete sich Sophie zu Wort. „Was ist, wenn du dann nicht mehr genug Geld für das Buch hast?“

„Stimmt, so reich bin ich nicht“, erwiderte Anna. „Beides geht nicht.“

„Dann erzähle ich Pa, was du gesagt hast“, konterte Sophie.

Anna presste die Lippen zusammen. „Wie wäre es, wenn ich das Buch kaufe und eine Limonade, die wir uns alle teilen?“

Sarah legte die Stirn in Falten. „Igitt. Ich teile nicht mit euch allen.“

„Jetzt reicht es mir aber.“ Anna drehte sich auf dem Absatz um und eilte die Straße weiter entlang, während ihr Rock raschelnd hin und her schwang. Dann hielt sie inne und wandte sich zu Katie um. „Du musst uns führen, da du weißt, in welche Richtung sie gegangen ist.“

Katie gehorchte und musterte dabei die Menschen, die sie auf dem Bürgersteig passierten oder die Straße überquerten und spähte in alle Gassen. Die Frau musste hier irgendwo sein. Katie schaute auch in die Schaufenster von Geschäften, Banken und Restaurants, wenn sie einen Blick ins Innere erhaschen konnte.

Als sie an einem Café vorbeikamen, blieb sie stehen und bedeutete allen, still zu sein. „Sie ist da drin“, flüsterte sie.

Anna spähte durchs Fenster. „Das ist sie."

„Sei nicht so auffällig", sagte Katie. „Lasst uns reingehen. Und verhaltet euch normal."

Josie runzelte die Stirn. „Mir ist langweilig. Wann ist das endlich vorbei?"

Katie ignorierte ihre kleine Schwester. Sie schlüpften ins Café und setzten sich an den nächstgelegenen Tisch. Die alte Frau saß auf der anderen Seite des Raumes, hielt eine Tasse Kaffee in der Hand und starrte auf den Tisch.

„Kann ich euch etwas bringen?", fragte eine Kellnerin und zog Katies Aufmerksamkeit auf sich.

Katie sah Anna an, die missmutig dreinschaute. Doch dann seufzte sie und sagte: „Wir nehmen fünf Gläser Limonade." Als die Kellnerin ging, murrte sie: „Ihr schuldet mir alle etwas."

„Danke, Anna", sagte Sarah mit zuckersüßem Tonfall.

Die Kellnerin kam mit den Getränken zurück und stellte sie auf den Tisch. „Ist das alles?", fragte sie.

„Ja", sagte Anna. „Vielen Dank."

„Ich habe Hunger", sagte Sophie. „Kann ich ein Stück Kuchen haben?"

„Es ist neun Uhr morgens."

Sophie setzte einen herzerweichenden Blick auf. Ihr dunkles Haar betonte ihren blassen Teint und die ebenso dunklen Brauen, die sich flehend hoben.

„Na schön. Ein Stück Kuchen für sie."

„Ist Apfel in Ordnung?", fragte die Kellnerin. „Wir haben heute noch nicht gebacken. Aber es ist noch etwas Apfelkuchen von gestern Abend übrig."

Sophie nickte.

„Ja, danke", sagte Anna.

Alle richteten ihre Aufmerksamkeit wieder auf den Tisch mit der alten Dame und auch Katie spähte verstohlen in ihre Richtung. Sie schien zu einem anderen Tisch zu starren. Als Katie ihrem Blick folgte, sah sie, wie sich ein Mann erhob. Bei ihm war Aaron, der des Diebstahls beschuldigte Junge. Anna hatte ihn gestern Nachmittag gefunden und zu ihnen gebracht.

Warum beobachtete die alte Dame ihn?

Katie winkte Aaron zu, doch der antwortete nur mit einem finsteren Blick, während er dem Mann folgte, von dem sie annahm, dass er sein Vater war.

Auch Anna wollte etwas sagen, aber Aaron war verschwunden, bevor sie mit ihm sprechen konnte.

Katie runzelte die Stirn, als die alte Frau aufstand und das Café ebenfalls verließ. Verfolgte sie ihn etwa? Nun, sie waren ihr ja auch gefolgt. Aber da ihre Limonadengläser noch halb voll waren und Sophie noch ihren Kuchen aß, mussten sie es wohl aufgeben, die Identität der Dame zu ergründen. Außer …

Katie winkte die Kellnerin heran. „Wissen Sie, wer die Frau war, die da drüben saß?" Sie zeigte auf den Tisch, den die Dame gerade verlassen hatte.

„Sie sagte, ich solle sie Mrs. McCabe nennen."

„Danke." Interessant. War sie mit diesem Mann, Mister McCabe, verwandt, den ihre Eltern nicht besonders zu mögen schienen?

„Wann können wir Pa sagen, dass wir einen Welpen bekommen?", fragte Josie.

„Das habe ich dir doch gesagt", antwortete Katie geistesabwesend. „Wir holen ihn Ende der Woche ab, wenn sie ihre Mutter verlassen können, und dann gehen wir zu Ma." Sie wandte sich an Josie. „Nicht Pa."

„Aber er liebt Hunde."

„Ich weiß. Trotzdem wird er behaupten, dass ein Welpe zu viel Arbeit macht. Wenn wir Ma überzeugen, wird sie Pa für uns überzeugen. Dieser Weg ist viel einfacher, glaub mir."

Molly

Am frühen Nachmittag machte sich Molly auf den Weg zu den Ställen. Als sie eintrat, hob sie den Saum ihrer Röcke an, damit sie nicht im Schmutz schleiften. Sie blieb erst stehen, als sie ihr Ziel erreicht hatte.

„Hallo, Mister Harner", begrüßte sie ihn mit einem Lächeln und schaute sich unauffällig nach seinem Sohn Aaron um.

Er blickte sie über die Kruppe eines prächtigen goldenen Wallachs hinweg an, den er gerade bürstete. „Hallo, Mrs. Ryan." Sein Tonfall war höflich, aber Molly spürte eine gewisse Anspannung darin.

„Es ist schön, Sie wiederzusehen", sagte sie. „Ich habe mir ein paar der anderen Pferde angeschaut. Die Auswahl ist ziemlich groß."

„Das stimmt", erwiderte er, während er mit seiner Tätigkeit fortfuhr.

„Eigentlich haben wir auch Pferde mitgebracht, die wir hier verkaufen wollten, aber die Vereinbarung ist in letzter Minute geplatzt."

„Das tut mir leid zu hören."

„Nun, für ein paar von ihnen haben wir noch Käufer gefunden, es war also nicht alles umsonst." Sie begutachtete den Wallach. „Was für ein schönes Pferd! Man sagt, dass sie von den Spaniern stammen, die im Mittelalter unbedingt Pferde mit goldener Fellfarbe züchten wollten. Die haben sie dann nach Amerika gebracht."

„Er ist auf jeden Fall mein ganzer Stolz – stark, zuverlässig und trittsicher."

„Wie heißt er?"

„Zaunkönig. Meine Tochter hat ihn so genannt."

Molly verbarg ihre Überraschung. Als Kind hatte sie ihre Zwille Zaunkönig genannt, und später, als sie bei den Comanchen lebte, hatte sie den Namen Kaktus-Vogel erhalten, der sich ebenfalls auf einen Zaunkönig bezog.

„Das scheint mir ein eher ungewöhnlicher Name für ein so beeindruckendes Tier“, sagte sie.

Er zuckte mit den Schultern.

„Also haben Sie zwei Kinder?“, fragte sie.

„Ja.“ Dann fügte er mit einem Anflug von trockenem Humor hinzu: „Das reicht auch.“

Molly lachte leise. „Sie halten einen wirklich ganz schön auf Trab. Wie heißt Ihre Tochter?“

„Winnie. Sie ist zehn.“

Molly legte eine Hand auf das Gatter. „Bei der Ausstellung in der Scheune habe ich einen Tisch mit einer Sammlung von Steinschleudern entdeckt. Die Verkäuferin sagte, sie stammten von Ihnen.“

Seine Brauen zogen sich zusammen, und er nickte knapp.

„Sie waren sehr gut verarbeitet. Haben Sie sie gefertigt?“

„Nein, Ma’am.“

„Ihre Frau also?“

Er nickte erneut.

Molly unterdrückte den aufsteigenden Frust. Sie wollte ungern weiter nachbohren, aber Bill Harner war nicht gerade entgegenkommend. Wahrscheinlich sollte sie ihn einfach in Ruhe lassen, aber irgendwie hatte sie das Gefühl, dass diese Sache wichtig war. Für sie. Es war ein egoistisches Motiv, und sie war nicht stolz darauf.

Um die Situation zu entspannen, sagte sie: „Ich würde Ihre Frau gerne zum Tee einladen. Ich bin mit meiner Schwester und meinen beiden Schwägerinnen hier. Wir würden uns freuen, wenn sie sich uns anschließt.“

„Danke, das ist sehr nett. Aber sie fühlt sich im Moment nicht wohl, deshalb muss ich leider in ihrem Namen ablehnen.“

„Natürlich. Darf ich fragen, warum sie Schleudern herstellt?“

„Ich bin mir nicht sicher. Aber es scheint ihr Spaß zu machen.“

Molly zögerte, kam dann aber zu dem Schluss, dass dieses Herumgerede sie nicht weiterbrachte. Beiläufige Gespräche waren ohnehin nie ihre Stärke gewesen. „Sie hat eine Markierung in das Holz geschnitzt. Es war ein Symbol der Comanchen. Ich werde jetzt ganz offen sein und Sie fragen: Ist Ihre Frau eine Comanchin?"

Bill legte den Striegel ab und sah sie mit gequältem Gesichtsausdruck an. „Nun, wissen Sie, die meisten Leute mögen …" Er seufzte. „Sie mögen einfach keine …" Seine Stimme erstarb und er schüttelte den Kopf.

„Ich verstehe", sagte Molly leise. Leider tat sie das wirklich. Es gab viele, die sich noch an die Auseinandersetzungen mit den Stämmen der Region erinnerten. Und ganz sicher hießen die meisten Leute solche „gemischten" Ehen nicht gut. Um genau zu sein, war Bills Ehe wahrscheinlich in den meisten Ortschaften nicht einmal rechtmäßig.

Bill blieb auf der anderen Seite von Zaunkönig, während das Pferd den Kopf drehte, um Molly zu betrachten. Sie streckte die Hand aus und streichelte seine Nase.

„Ich habe die Erfahrung gemacht, dass es besser ist, wenn wir damit nicht hausieren gehen", gab Bill zu. „Deshalb zeigen Abbie und ich uns nicht oft in der Öffentlichkeit."

„Was ist mit Aaron? Sie lassen ihm hier eine Menge Freiheiten."

Er zuckte mit den Schultern. „Was soll ich denn machen? Er sehnt sich nach Abenteuern."

„Ein typischer Junge eben. Ich habe auch einen Sohn."

„Dann wissen Sie, dass sie sehr neugierig sind und sich nicht gerne in ein Hotelzimmer sperren lassen. Aaron stößt zwar auch auf Vorurteile, aber er hat gelernt, sie zu ignorieren. Er versteht, dass das der Preis dafür ist, Zeit mit mir zu verbringen."

„Nun, ich würde mich freuen, Abbie kennenzulernen, wenn es sich irgendwie einrichten lässt."

Zum ersten Mal spiegelte sich in Bills Blick Dankbarkeit wider. „Ich werde sie fragen und Ihnen Bescheid geben."

Molly wünschte ihm einen guten Tag und machte sich auf die Suche nach Matt.

Kapitel Acht

Molly

Molly wickelte ihr Tuch enger um sich, während sie und Matt den kurzen Weg zum Restaurant zurücklegten. Vorhin hatte es gewittert, und obwohl der Regen und die Wolken abgezogen waren, war die Luft noch immer kühl.

Nach einem langen Tag aßen die Mädchen heute in ihrem Zimmer zu Abend, beaufsichtigt von Logan und Claire, während Nathan und Emma zusammen mit Cale und Tess ein spätes Abendessen einnahmen.

Matt legte Molly eine Hand auf den Rücken, während sie durch die Straßen schlenderten. Wieder keimte in ihr der Wunsch auf, das Treffen mit McCabe einfach ausfallen zu lassen. Sie konnte sich nichts Schöneres vorstellen als ein ruhiges Essen mit ihrem Mann. Aber vielleicht würde die abendliche Verabredung nicht allzu lange dauern und sie und Matt könnten noch ein Glas Sherry im Hotel trinken, bevor sie schlafen gingen.

Matt hielt ihr die Tür auf, als sie das Restaurant betrat. Es war etwas nobler, als sie es gewohnt waren. Wenn sie die Mädchen bei sich hatten, bevorzugten sie normalerweise etwas Zwangloseres.

Molly trug ein tiefblaues Kleid und Matt hatte Weste und Mantel angezogen und sah heute Abend besonders gut aus. Das war der einzige Lichtblick.

Nach kurzem Suchen entdeckte sie McCabe im dreiteiligen Anzug an einem Ecktisch mit einer älteren Frau.

Als sie sich näherten, erhob sich McCabe. „Ich freue mich, dass Sie beide kommen konnten“, sagte er. „Das ist meine Mutter, Myrna.“

Die Frau blieb auf ihrem Platz sitzen. Ihr weißes Haar war zu einem etwas wirren Haarknoten aufgesteckt und sie trug ein hochgeschlossenes, burgunderrotes Seidentaftkleid. Als sie ihren Blick hob, spürte Molly die Intelligenz hinter ihren Augen, aber die Frau sagte nichts.

Molly lächelte. „Ich freue mich, Sie kennenzulernen.“

„Ma'am“, sagte Matt und schüttelte anschließend McCabes Hand, obwohl Molly genau wusste, wie wenig Lust er dazu hatte.

Matt zog ihr einen Stuhl heraus und Molly nahm Platz. Als er sich neben ihr niedergelassen hatte, wechselten sie einen kurzen Blick. Sie dachten beide das Gleiche – das würde ein ziemlich langer Abend werden.

Tatsächlich erwies er sich als unbehaglich und von höflichem Smalltalk erfüllt. Als der Nachtisch serviert wurde und sie ihren Kaffee tranken, sah Mrs. McCabe müde aus. Die arme Frau hatte den ganzen Abend über kein einziges Wort gesprochen.

„Vielleicht sollten wir für heute Schluss machen“, sagte Matt leise.

Molly stimmte schweigend zu, denn auch sie wurde müde. Es war kein schrecklicher Abend gewesen, aber für Molly war es vergeudete Zeit. Ihr fielen sehr viele Menschen ein, mit denen sie lieber dinieren würde als mit Holden McCabe. Sie hatten über nichts von Belang gesprochen – er hatte kein Interesse am Kauf ihrer Pferde gezeigt, was auch gut so war, denn Molly hätte ihm sowieso nichts verkauft – und Myrnas Teilnahmslosigkeit war fast schon peinlich gewesen. Molly hätte ihm am liebsten gesagt, er solle aufhören, seine Mutter unerwünschten sozialen Zusammentreffen auszusetzen. Die arme Frau sollte lieber im Bett liegen und einen beruhigenden Tee trinken.

McCabe seufzte und blickte sich um, aber die meisten Gäste waren bereits gegangen. Sie waren allein, bis auf die Kellnerin, die gelegentlich an ihren Tisch kam.

„Es gibt einen Grund, warum ich Sie hierhergebeten habe." Er warf einen Blick auf seine Mutter. „Und ich hatte gehofft, dass sie sich mehr einbringen würde." Er sah zu Molly. „Ich hatte gehofft, dass sie Gefallen an Ihnen finden würde, dass Sie beide vielleicht über Ihre gemeinsame Vergangenheit sprechen könnten."

„Ich bin mir nicht sicher, was Sie meinen", sagte Molly.

„Als ich vier Jahre alt war, wurde meine Mutter von den Comanchen entführt."

Schockiert wandte Molly sich der älteren Frau zu. „Das tut mir leid, Mrs. McCabe."

Myrnas Augen trafen auf Mollys und ein unbezähmbarer Geist blitzte in ihnen auf, wirbelte mit einer wilden Sehnsucht an die Oberfläche. Molly konnte den Blick nicht abwenden, denn sie kannte diese Mischung aus Trauer und Wut nur zu gut. Dieselben Gefühle hatten all die Jahre in Molly gelebt. Gefühle, die sie längst überwunden geglaubt hatte. Gefühle, mit denen sie sich jetzt nicht auseinandersetzen wollte.

„Sie war über zwei Jahre lang verschwunden", fuhr McCabe fort. „Als mein Vater sie endlich nach Hause brachte, waren wir alle überglücklich, aber in ihr war eine Schwermut, die nie mehr ganz verschwand."

„War das der Grund, warum Sie mit mir sprechen wollten? Möchten Sie, dass ich ihr irgendwie helfe?" Molly war sich bewusst, dass sie über Myrna redeten, als säße sie nicht direkt neben ihnen, als wäre sie nicht in der Lage, selbst über ihre Erfahrungen zu sprechen.

Sie blickte zu der Frau hin, wollte direkt mit ihr sprechen, anstatt über ihren Sohn, aber die Frau blieb still.

„Ich schätze schon", meinte Holden, „aber da ist noch mehr." Er legte die Unterarme auf den Tisch und senkte die Stimme. „Viele Jahre später hat sie uns ein Geheimnis verraten. Während ihrer Gefangenschaft brachte sie ein Kind zur Welt. Eine Tochter. Und als sie gerettet wurde, war sie gezwungen, es zurückzulassen."

Es? Ärger über McCabes beiläufige Bemerkung durchzuckte Molly und sie versuchte, ihren Atem zu beruhigen, während Matts Hand unter dem Tisch nach ihrer griff und sie drückte. Sie konzentrierte sich stattdessen auf Myrna. Molly war sich bewusst, dass Matts starke Präsenz ein Segen in ihrem Leben gewesen war. Die arme Myrna hatte wahrscheinlich nichts dergleichen gehabt.

„Was kann ich tun?" Mollys Stimme war kaum mehr als ein Flüstern. Ihre Wut wurde schnell von Mitgefühl abgelöst. Sie richtete die Frage an die Frau und nicht an den Sohn, dessen Hilfe in dieser Angelegenheit immer fragwürdiger erschien.

Myrna hatte den Blick gesenkt und Mollys Herz schlug für die alte Dame. Was Myrna durchgemacht hatte, hätte jede Frau zermürbt. Für eine Mutter war es unerträglich, von ihrem Kind getrennt zu werden, und Molly konnte sich gut vorstellen, zu welch herzzerreißendem Wahnsinn das führen konnte.

„Sie war bei den Kwahadi, genau wie Sie."

Molly runzelte die Stirn. „Ich kann mich nicht an sie erinnern."

„Wann wurden Sie entführt?"

„Im Jahr 1867", sagte Matt. Er erinnerte sich besser an das Datum als sie, denn es hatte ihn zehn Jahre lang belastet, zu glauben, sie sei tot, bevor sie mit neunzehn Jahren den Weg zurück nach Texas gefunden hatte.

„Meine Mutter wurde 1861 entführt und '63 zu uns zurückgebracht."

Molly verschränkte ihre Finger mit Matts, um sich seines Beistands zu versichern. Sie war wirklich gesegnet. „Nun, das würde erklären, warum ich keine Erinnerung an sie habe."

„Aber sie hat ihre Tochter zurückgelassen."

Und jetzt waren McCabes Motive klar. „Sie glauben, dass ich ihre Tochter kannte?"

Er nickte und Myrnas Augen leuchteten auf.

Molly dachte nach und sagte dann zu Myrna: „Ich glaube nicht, dass es noch ein anderes weißes Kind im Stamm gab."

McCabes Gesichtszüge verhärteten sich und er schluckte schwer. „Das Kind war nicht weiß." Es fiel ihm sichtlich schwer, die Worte auszusprechen.

„Ich verstehe", erwiderte Molly. Myrna hatte mit einem männlichen Comanchen das Lager geteilt, freiwillig oder gegen ihren Willen. Es war ihr sicher nicht leichtgefallen, ihrem Mann dies nach ihrer Rückkehr zu erklären.

„Fällt ihnen jetzt jemand ein, der ihre Tochter sein könnte?", drängte McCabe.

Molly konnte nicht einschätzen, ob seine Absichten ehrenhaft waren oder nicht. Wollte er Mutter und Tochter wieder zusammenbringen? Ein lange zurückliegendes Unrecht wiedergutmachen? Es schien untypisch für ihn zu sein.

Sie wandte sich wieder an Myrna und sagte: „Ich weiß es nicht, aber lassen Sie mich noch einmal darüber nachdenken."

Tränen stiegen in Myrnas Augen auf und sie griff über den Tisch nach Mollys Hand, während Mollys andere Hand von Matts starken Fingern umschlossen blieb. Er war ihr Rettungsanker. Ihr bester Freund. Ihre wahre Liebe.

„Es ist schön, jemanden aus dem Volk zu treffen", flüsterte Myrna eindringlich. „Wenn Sie meine Tochter kannten …" Ihre Stimme brach und offenbarte ihre herzzerreißende Verzweiflung. „Ich entschuldige mich, dass ich nicht freundlicher war. Ich war mir nicht sicher, ob Sie vertrauenswürdig sind."

„Ich verstehe." Molly schenkte ihr ein mitfühlendes Lächeln. „Wenn ich mich an etwas erinnere, lasse ich es Sie wissen."

Kurz darauf verließ sie mit Matt das Restaurant. Auf dem Weg zog Matt sie an sich. „Glaubst du, es ist wahr?", fragte er.

Molly zuckte mit den Schultern. „Wenn nicht, dann hätten sie beide lügen müssen."

„Wie der Sohn, so die Mutter."

Sie runzelte die Stirn und sah ihren Mann an. „Das ist ziemlich zynisch."

„Es gefällt mir nur nicht, wie sie auf dein Mitgefühl spekulieren. Woher solltest du denn wissen, ob ihre Tochter beim Stamm war? Selbst wenn es stimmt, warst du noch ein Kind und kaum in solche Gespräche eingeweiht."

„Das ist wahr. Aber selbst du musst zugeben, dass es ein seltsamer Zufall ist, wenn man meine jüngsten Träume bedenkt."

„Das Flüstern des Schicksals."

Sie grinste. „Du hörst also doch zu, wenn Emma und ich uns unterhalten."

Er beugte sich vor und gab ihr einen Kuss auf die Wange. „Ich kann nicht leugnen, dass es da draußen unerklärliche Dinge gibt. Schließlich habe ich dich wiedergefunden, nicht wahr?"

Sie kicherte, als seine Hand tiefer glitt und durch die dicken Schichten von Wollrock und Unterröcken ihr Hinterteil drückte, fasste sich jedoch schnell wieder, als einige Leute sie passierten.

„Benimm dich", sagte sie.

„Wenn ich muss."

„Zumindest, bis wir wieder auf unserem Zimmer sind."

„Das klingt wie ein Versprechen, Mrs. Ryan."

Sie lockerte ihr Tuch und schlang einen Arm um seine Hüften. „Oh, ja."

Kapitel Neun

Anna

Anna erwachte als Erste und kleidete sich leise an, ohne ihre Schwestern und Cousinen zu wecken. Aus dem Doppelbett, das sie sich teilten, ertönte Sarahs leises Schnarchen, und Sophie umklammerte immer noch das Sherlock-Holmes-Buch, zu dessen Kauf sie ihren Vater überredet und in dem sie bis spät in die Nacht geschmökert hatte. Sie hatte ihre Matratze auf dem Boden näher zum Fenster gezogen, um bei Mondschein weiterzulesen, weil Anna darauf bestanden hatte, zu einer angemessenen Zeit das Licht zu löschen. Zu ihrem Glück war Vollmond gewesen.

Katie und Josie schliefen tief und fest zusammen in einem kleineren Bett. Anna schlüpfte aus dem Zimmer und ging die Treppe hinunter. Vorsichtig öffnete sie die Eingangstür des Hotels, darum bemüht, nicht zu laut mit der Glocke zu klingeln, um nicht die Aufmerksamkeit des Rezeptionisten zu erregen. Als sie endlich draußen war, atmete sie auf.

Es war noch früh und nur wenige Menschen waren unterwegs. Zwei Fuhrwagen rumpelten die Straße hinunter, um ihre Waren an ihren Bestimmungsort zu bringen. Als Anna in Richtung der

Stallungen abbog, stieß sie geradewegs mit einem Mann zusammen. Sie wich erschrocken zurück. Und erschrak noch mehr, als sie erkannte, dass es sich um Malcolm Hardy handelte.

„Wir scheinen prädestiniert zu sein, immer wieder zusammenzustoßen." Seine Hände ruhten auf ihren Schultern, um sie zu stützen. „Du hast meine Nachricht erhalten?"

Sie nickte, plötzlich unfähig, ihre Stimme zu finden. Er hatte sie noch nicht losgelassen und Anna versuchte, den Strudel der Empfindungen zu ignorieren, den seine Berührung in ihr auslöste, insbesondere dieses irritierende, aber nicht gänzlich unangenehme Flattern in ihrer Magengrube. Es machte sie ein wenig benommen. Fühlte es sich so an, wenn ein Mädchen einen Jungen mochte? Allerdings war Malcolm kein Junge mehr und sie noch zu jung, um eine Frau zu sein. Enttäuschung machte sich in ihr breit. Ihre Schwärmerei für Malcolm Hardy hatte keine Zukunft.

„Dann begleite ich dich zu den Stallungen", sagte er. Sein Hut warf Schatten über seine Augen, aber sein dunkles Haar kam darunter zum Vorschein. Als er ihr ein flüchtiges Lächeln schenkte, setzte ihr Herz tatsächlich einen Schlag aus.

Sie erholte sich von dem ernüchternden Gedanken, dass Malcolm sie nicht als Frau sah, und fragte: „Worum geht es denn?" In seiner Nachricht – die ihre Schwestern glücklicherweise nicht gesehen hatten, als sie ihr am Vorabend an der Rezeption ausgehändigt worden war – hatte er sie darum gebeten, ihn heute Morgen am Stadtrand zu treffen.

„Ich möchte es dir lieber zeigen. Was ist eigentlich mit dem Jungen passiert, den du gesucht hast? Wie war sein Name?"

„Aaron Harner", antwortete sie und war froh, dass ihre Stimme fest und unberührt von seiner Anwesenheit klang, obwohl das ganz und gar nicht ihrem inneren Zustand entsprach.

„Und du versuchst, ihm zu helfen?"

Anna nickte. „Wir haben die alte Dame gefunden, die ihm die belastenden Beweise untergeschoben hat. Gestern sind die anderen Mädchen und ich ihr gefolgt. Zu unserer Überraschung verfolgte sie Aaron. Zumindest glauben wir das. Sie saß in einem Café und spionierte ihn und seinen Vater aus."

„Das klingt eigenartig."

„Ja."

Sie verließen den Bürgersteig und überquerten die Straße in Richtung des offenen Geländes, auf dem sich die Außenställe befanden. Den Geräuschen nach zu urteilen, die an ihre Ohren drangen, waren die Tiere bereits wach.

Er führte sie zu einem Verschlag, in dem eine struppige alte Stute stand. Ihr ungepflegtes schwarzes Fell war grau meliert.

Anna runzelte die Stirn. „Gehört sie dir?"

„Nein. Sie gehört McCabe."

Richtig, Malcolm hatte für McCabe gearbeitet. Und die Frau, der sie gefolgt waren, war angeblich Mrs. McCabe. Sie mussten verwandt sein.

„Könnte es sein, dass Mister McCabe eine alte Dame mit ungewöhnlich weißem Haar mitgebracht hat?", fragte sie.

Malcolm nickte. „Das ist seine Mutter."

Und sie ist eine Diebin. Aber das sprach Anna nicht laut aus. Sie kannte Malcolm noch nicht gut genug und es würde ihm vielleicht nicht gefallen.

Stattdessen richtete Anna ihre Aufmerksamkeit wieder auf das Pferd. Sie spürte die Scheu der Stute, deren Flanken wellenförmig zitterten, während sie sie beobachtete. Um das arme Tier nicht noch mehr zu verstören, senkte Anna ihre Stimme: „Was ist mit ihr?"

„Irgendetwas hat sie traumatisiert. Ich habe mich um sie gekümmert – zuerst auf McCabes Ranch und dann hier. Ich war dagegen, sie mit auf die Messe zu nehmen, aber McCabe bestand darauf, da die Stute offenbar der Liebling seiner Mutter ist und Mrs. McCabe uns begleiten wollte. Seiner Mutter geht es nicht gut und ich schätze, dieses Pferd ist das einzige, das sie in ihrer Nähe toleriert. Ganz sicher bin ich mir nicht, denn die Geschichte ändert sich häufig. Ich missgönne es der Frau nicht, dass sie ihr

Lieblingstier bei sich haben möchte, aber um ehrlich zu sein, geht es dem Pferd auch nicht gut."

„Ist sie krank?"

„Nicht körperlich. Sie ist eher krank im Herzen. Ehrlich gesagt, weiß ich es nicht genau. Aber ich habe immer versucht, ein Auge auf sie zu haben. Ich war sehr behutsam mit ihr und mit der Zeit hat sie gelernt, mich zu tolerieren, vielleicht sogar ein wenig zu mögen." Er zuckte mit den Schultern. „Aber da McCabe mich nun gefeuert hat, mache ich mir Sorgen."

„Glaubst du, er wird ihr wehtun?"

„Nein. McCabe ist vielleicht ein Mistkerl." Er warf ihr einen Blick zu. „Verzeihung. Er ist vielleicht ein Arsch." Er räusperte sich. „Entschuldigung. Trotz seines … unangenehmen Wesens glaube ich nicht, dass er ihr etwas antun wird. Aber ich glaube auch nicht, dass er sich die Zeit nehmen wird, ihr zu helfen."

Anna zog die Augenbrauen zusammen. „Ich verstehe nicht ganz, was das mit mir zu tun hat. Möchtest du, dass ich sie entführe?" Das wäre ironisch.

Malcolm lachte. „Nein, das ist nicht der Grund, warum ich dich kontaktiert habe. Es gibt Gerüchte über deine Tante Emma …"

Ah, jetzt verstand Anna. Sie kaute auf ihrer Unterlippe, während sie das Pferd beobachtete und überlegte, wie sie weiter vorgehen sollte. Tante Emmas übernatürliche Fähigkeiten waren nichts, worüber man mit lockeren Bekanntschaften redete. Und trotz Malcolms Attraktivität und der allgemeinen Wirkung, die er auf Anna hatte, würde sie nie den Fehler machen, ihn als Freund zu bezeichnen. Oder gar mehr.

Unter normalen Umständen würde sie sich jetzt abwenden und gehen. Aber das hier waren keine normalen Umstände, auch wenn ihr Verstand ihr das einredete.

„Vielleicht solltest du selbst mit Tante Em sprechen." Sie sah ihn immer noch nicht an.

„Ja, das könnte ich. Es ist nur so, dass … nun ja, es ist kein großes Geheimnis, dass meine Familie nicht sehr beliebt ist, und um ehrlich zu sein, ist da auch etwas Wahres dran. Ich bin vor über vier Jahren von zu Hause weggegangen, um mich von all dem zu distanzieren. Aber ich weiß, dass deine Onkel mich wahrscheinlich immer noch als Teil des Problems sehen, daher fühle ich mich nicht wohl dabei, deine Tante anzusprechen. Und ich hätte auch dich nicht angesprochen, wenn mir dieses Pferd nicht so wichtig wäre. Ich dachte, dass Emma Blackmore ihr vielleicht helfen könnte. Ihrem Herzen und ihrem Geist, weißt du." Malcolm stieß ein verlegenes Lachen aus. „So kann ich mit keinem der Cowboys sprechen, die ich kenne, und schon gar nicht mit meiner eigenen Familie. Die würden mich rausschmeißen und für verrückt erklären, so über ein Pferd zu reden. Ich dachte, du könntest das vielleicht tun und meinen Namen da rauslassen. Ich habe einfach …" Seine Stimme erstarb und er starrte die Stute an. „Ich habe eine echte Schwäche für sie. Ich will nicht, dass sie leidet. Ich fürchte, wenn Mrs. McCabe stirbt, werden sie sich des Pferdes auch entledigen. Niemand sonst kann wirklich mit ihr arbeiten."

Anna blickte auf Malcolms Profil und ihr Herz zog sich zusammen, weil sie den echten Schmerz spürte, der von ihm ausging.

„Ich werde mit meiner Tante reden", sagte sie. „Wie heißt das Pferd?"

„Songbird."

Tess

„Das ist die beste Salbe, die Sie finden werden, Mrs. Walker."

Tess lächelte den Herrn auf der Messe an. Er bemühte sich aufrichtig, ihr ein Töpfchen Salbe zu verkaufen, das ihr ins Auge gefallen war. Die Beinverletzung, die sie sich vor langer Zeit zugezogen hatte, machte ihr nur noch gelegentlich zu schaffen, dank regelmäßiger Bewegung und Cales fachkundiger Massage, wenn sich ihre Muskeln mal wieder verkrampften, aber es gab immer noch Phasen des Unwohlseins. Einst hatte eine Kugel den Knochen zerschmettert, dann hatte sie sich bei einem Sturz vom Pferd dasselbe Bein erneut gebrochen, sodass es nicht verwunderlich war, wenn es sich manchmal bemerkbar machte. Dennoch war sie dem alten Griesgram Vern Blight aus den Dragoon Mountains im Arizona-Territorium zu Dank verpflichtet. Er hatte ihr Bein nach dem Bruch gerichtet und damit endlich die schmerzhafte „Krummheit" behoben, mit der sie jahrelang gelebt hatte. Sie hatte es bedauert, als Blight vor ein paar Jahren gestorben war.

„Wissen Sie was", sagte der Mann. „Ich gebe Ihnen zwanzig Prozent Rabatt."

Es wäre schon nicht schlecht, einen geheimen Vorrat zu haben, auf den sie bei gelegentlich auftretenden Schmerzen und vielleicht sogar zur Vorbeugung künftiger Schübe zurückgreifen könnte. Das Versprechen der Salbe, „den Blutfluss anzuregen, sodass die Gelenke sich wieder wie neu anfühlen", war zweifellos verlockend.

„Sie haben mich überzeugt", sagte sie. „Ich nehme eine."

Nach Abwicklung des Kaufs verstaute Tess das in braunes Papier gewickelte Glasgefäß sicher in ihrer Handtasche. Dann durchstöberte sie die anderen Auslagen, in der Hoffnung, ein Geschenk für Cale zu finden. Für ihre Töchter hatte sie bereits eingekauft: Dolores, die nach Tess' geliebter Großmutter benannt war, bekam ein kunstvoll besticktes Tuch, da sie mit ihren vierzehn Jahren zu entsprechenden Anlässen langsam schickere Kleider trug. Für die zwölfjährige Loretta, benannt nach Cales verstorbener Mutter, kaufte sie eine Dose Sattelseife, da das Mädchen Pferde fast so sehr liebte wie Matt und Mollys Tochter Josie. Für Isabelle oder Izzy, benannt nach Tess' *madre* trotz ihrer Differenzen mit der verbitterten Frau, hatte sie eine handgewebte Decke erstanden, aber dann hatte Cale die Steinschleudern entdeckt, von denen Molly gesprochen hatte, und eine für Izzy gekauft. Tess war davon nicht begeistert, doch Cale betonte immer wieder, wie sehr ihn Izzy an die junge Molly erinnerte – es war ein Kampf, den Tess aufgegeben hatte, und sie beschloss, die Decke für sich zu behalten. Und für Doreen hatte sie die Holzschnitzerei eines Bären erworben. Mit ihren sieben Jahren besaß ihre Jüngste bereits eine beeindruckende Sammlung geschnitzter Tiere, die sie hauptsächlich Cale und Nathan zu verdanken hatte, aber einen Bären hatte Dory noch nicht.

Tess entschied sich schließlich für eine Gürtelschnalle für Cale, kaufte sie und machte sich dann auf den Weg, um Molly, Claire und Emma im Café zum Mittagessen zu treffen.

Da sie ein wenig zu früh dran war, setzte sie sich an einen Tisch und bestellte eine Tasse Tee, während sie auf die anderen wartete. Als sie vor fünfzehn Jahren Cale Walker geheiratet hatte, hatte sie gleichzeitig eine Familie bekommen, die ihr wie ein Geschenk Gottes erschien. Nachdem sie als Mädchen kurz vor dem Erwachsenwerden ihre *mamá* und ihre *abuela* bei einem Brand verloren hatte, war ihre Welt zusammengebrochen. Die Zeit bei ihrem *papá* hatte sie in die Gesellschaft ziemlich fragwürdiger Männer geführt. Ihr *papá*, Hank Carlisle, war ein Kopfgeldjäger gewesen, und zwar ein äußerst skrupelloser. Die Zeit, die Tess in Hanks Welt verbracht hatte, war auf tragische Weise mit dem Übergriff einer seiner Männer zu Ende gegangen. Zum Glück lag das schon so lange zurück, dass die Erinnerung daran nur noch einen dumpfen Schmerz auslöste. Mit der Zeit hatte sie festgestellt, dass die beste Medizin darin bestand, den Vorfall aus ihrem Gedächtnis zu verdrängen, wenn sie wieder einmal unter dem alten Trauma litt.

Doch später schien das Schicksal auf ihrer Seite zu sein, als sie sich auf der Suche nach ihrem entfremdeten Vater in Cales Gesellschaft wiederfand. Cale hatte einst in der Army im Kampf gegen die Apachen gedient und war als ehemaliger Kopfgeldjäger eine Zeitlang mit ihrem *papá* herumgezogen.

Ihr Mann war ein Geschenk, von dem sie nie zu träumen

gewagt hatte, das sie niemals geglaubt hatte, zu verdienen. Aber jeden Tag bewies er ihr das Gegenteil. Und abgesehen von ihren Mädchen, die ihr eine unendliche Freude waren, fühlte sie sich gesegnet mit der Freundschaft der drei Frauen, auf die sie nun wartete. Molly, Cales Halbschwester, hatte Tess beigebracht, das Leben wieder zu umarmen, denn Mollys Vergangenheit war genauso schrecklich wie ihre. Aber Mollys Zähigkeit, ihre Ausdauer und ihre Stärke hatten Tess viel darüber gelehrt, nach vorn zu blicken und die Zukunft besser zu gestalten als die Vergangenheit. Die einzige Freundin, die Tess vor ihrer Begegnung mit Cale gehabt hatte, war Mary Simms, Mollys ältere Schwester, also hatte Molly gewissermaßen schon zur Familie gehört, bevor sie sich kennengelernt hatten.

Emma war Mollys jüngere Schwester und verfügte über die Gabe des zweiten Auges. In gewisser Weise ergänzten sie und Emma sich, denn Tess hatte von ihrer *abuela* die Rolle der Geschichtenerzählerin übernommen, eine Aufgabe, die sie auch heute noch in Ehren hielt. Zuweilen bat Emma Tess um ihre Anwesenheit, wenn Menschen mit Fragen über die jenseitige Welt zu ihr kamen, nach einem verloren gegangen Teil von sich selbst suchten oder mit einem verstorbenen Angehörigen in Kontakt treten wollten. Tess half mit ihren Geschichten. Sie wählte diejenigen aus, die der Erfahrung der Person einen tieferen Sinn geben und ihr Heilung schenken konnten. Manchmal saß Tess auch einfach nur bei ihnen und hörte sich ihre Geschichte an. Indem sie ihren Schmerz, ihr Leid und ihre Trauer würdigte, spendete sie ihnen Trost.

Mit Claire verband Tess eine gemeinsame Erfahrung – beide hatten einen gewalttätigen und grausamen Übergriff erlebt, über den sie zwar selten sprachen, der aber zu einem stummen Einvernehmen zwischen ihnen führte, das Außenstehende nur schwer ergründen konnten. Und mit dieser stillschweigenden Verbindung war ein Fünkchen Trost, ja fast Erleichterung, zu Tess zurückgekehrt.

„Deine Mutter ist schon lange nicht mehr ganz richtig im Kopf", sagte ein Mann am Nachbartisch.

„Ich weiß", antwortete ein anderer mit leiser, beherrschter Stimme. „Aber ich glaube, ich habe einen Weg gefunden, sie wieder aufzuwecken, und sei es nur für einen kurzen Moment. Sie muss nur lange genug bei klarem Verstand sein, damit ich die Informationen aus ihr rausbekomme."

„Und wie willst du das anstellen?"

„Mit Molly Ryans Hilfe", sagte er und lachte leise.

Das ließ Tess aufhorchen.

„Diese Comanchenschlampe." Die Verachtung in der Stimme des ersten Mannes war unüberhörbar.

Empörung durchzuckte Tess. Sie konnte die Männer nicht sehen, außer sie drehte sich zu ihnen um, was sie klugerweise bleiben ließ. Stattdessen konzentrierte sie sich auf ihre Tasse Tee und nippte daran mit einer Ruhe, die sie kaum empfand. Sie legte den Kopf schief, um besser zu hören.

„Na, na", sagte der besonnenere Mann. „Sei nicht so taktlos, John. Wir sollten gehen. Ich bin mit Bradshaw verabredet."

„Nimm dich in Acht vor ihm."

„Ich weiß. Ich werde schon mit ihm fertig."

Eine Bewegung hinter ihr verriet, dass die Männer aufgestanden waren. Tess vertiefte sich ganz darin, Zucker in ihren Tee zu rühren, als sie an ihr vorbeigingen. Beiläufig hob sie den Blick. Obwohl sie den einen, der John hieß, nicht erkannte, war sie sich ziemlich sicher, dass der andere Holden McCabe war.

Ein paar Minuten nachdem sie gegangen waren, kamen Molly, Emma und Claire herein.

„Entschuldige die Verspätung, Tess", sagte Molly, als sie alle Platz nahmen und die Kellnerin eine weitere Kanne Tee brachte.

Claire warf einen Blick auf die Speisekarte. „Ich habe Sally Rutherford getroffen. Sie sagte, wir sollten unbedingt die Erbsensuppe probieren."

Emma rümpfte die Nase. „Ich glaube, da würde ich lieber Salzfleisch mit Bohnen essen."

Claire lachte. „Das würde Logan auch."

Schließlich bestellten sie alle eine Schale Chili con Carne, und dann erzählte Tess von dem Gespräch, das sie mitgehört hatte. Dabei sparte sie allerdings die abfällige Bemerkung über Molly aus.

Molly fingerte an ihrer Serviette herum. „Nun, das überrascht mich nicht wirklich. Als Matt und ich gestern mit McCabe und seiner Mutter zu Abend gegessen haben, kam es mir schon … merkwürdig vor, dass er ihr helfen wollte, so ungerecht das klingen mag. Aber nach dem, was du gehört hast, Tess, liege ich vielleicht gar nicht so falsch. McCabe hat Hintergedanken."

Claire griff nach der Teekanne und füllte ihre Tasse auf. „Wie war denn euer Abendessen?"

Molly erzählte ihnen von Myrna McCabes Entführung durch die Comanchen und dem schockierenden Geheimnis der kleinen Tochter, die sie zurücklassen musste.

Emma und Claire lehnten sich vor, um zuzuhören, und ihren bestürzten Gesichtern nach zu urteilen, hörten auch sie davon zum ersten Mal. Sie waren genauso erschüttert wie Tess.

„Das ist unfassbar", sagte Tess. „Glaubst du, es ist wahr? Glaubst du, dass Myrna wirklich ihre Tochter zurückgelassen hat, als sie gerettet wurde?"

Molly zögerte, bevor sie sagte: „Ich glaube schon. Als ihr klar wurde, dass ich auch bei den Kwahadi gewesen bin, hat sie mich mit solcher Intensität angesehen, dass es nicht vorgetäuscht gewesen sein kann. Diese Frau leidet, wahrscheinlich schon seit Jahren, und sie hat in mir die Verbindung zu einer Vergangenheit gesehen, die sie ganz offensichtlich noch immer quält."

„Was wirst du jetzt tun?", fragte Claire leise.

Molly seufzte. „Ich bin mir nicht sicher. Ich habe keine Ahnung, wie ich jemanden aus dieser Zeit wiederfinden sollte. Und ich kann mich an keine Person erinnern, die ihre Tochter gewesen sein könnte. Ich habe nie eine Geschichte über eine andere weiße Frau gehört, zumindest nicht während meiner Zeit dort."

Emma gab einen Schluck Sahne in ihren Tee. „Vielleicht hat es etwas mit deinen Träumen zu tun."

„Und es wird immer spannender. Was für Träume?" In Claires Augen funkelte Belustigung. Wenn Emma sich in ein Gespräch einmischte, kamen meist magische Elemente ins Spiel.

Molly erzählte von ihrem seit Wochen wiederkehrenden Albtraum, in dem es um die Comanchen-Familie ging, bei der sie als Kind gelebt hatte.

Die Stimmung am Tisch wurde ernst.

„Ich hatte ein paar Visionen", sagte Emma, „aber hauptsächlich von Molly. In dir schlummern noch immer Trauer und Liebe. Für sie."

Molly blieb stumm und Tess drückte ihre Hand. „Das ist keine Schande."

Molly erwiderte die Geste mit einem dankbaren Lächeln, dann fragte sie Emma: „Könntest du Myrnas Comanchen-Tochter aufspüren?"

„Ich müsste mich mit der Frau treffen, aber sie ist seit vielen Jahren nicht mehr mit dem Kind zusammen gewesen, daher wäre der Faden sehr dünn. Ich könnte es versuchen, aber es gibt keine Garantie."

Anna erschien und wirkte voller Tatendrang.

„Ist alles in Ordnung?", fragte Claire, als Anna sich einen Stuhl von einem Tisch in der Nähe schnappte und sich neben ihre Mutter setzte.

„Ja, aber ich muss euch etwas sagen." Anna ließ ihren Blick über den Tisch schweifen, auf dem die Teekanne und die Tassen standen. „Wolltet ihr hier essen?"

Tess entging das Verlangen in den Augen des Mädchens nicht.

„Ja", sagte Claire. „Wir haben schon bestellt. Du kannst etwas von mir haben."

Anna seufzte erleichtert. „Oh, gut. Ich bin am Verhungern."

„Was wolltest du uns sagen, Anna?“, fragte Emma.

„Nun, es hat sich herausgestellt, dass die alte Dame, die die Handtasche gestohlen hat, Mrs. McCabe war.“

Claire runzelte besorgt die Stirn. „Woher wisst ihr das?“

„Wir haben Ausschau nach ihr gehalten.“ Anna stupste Claire an. „Darf ich etwas von deinem Tee haben, Ma?“

Claire schob Tasse und Untertasse zu ihrer Tochter hinüber. Anna nahm einen großen Schluck und verzog das Gesicht. „Warum nimmst du so viel Zucker?“, fragte sie.

Tess lachte, weil sie Claires Frustration sehr gut verstand. Töchter waren ihren Müttern gegenüber nie kritikscheu.

Claire warf ihrer Tochter einen kühlen Blick zu. „Bestell dir doch ein eigenes Getränk.“

„Anna, komm bitte zurück zu deiner Geschichte“, sagte Molly.

„Ach ja. Also, die Mädels und ich haben Ausschau nach ihr gehalten, und dann haben wir sie gefunden und ihren Namen erfahren. Wir wollten euch eigentlich bitten, zum Sheriff zu gehen und ihm zu sagen, dass sie eine Diebin ist, um diesem Jungen, Aaron, zu helfen.“

Claire runzelte die Stirn. „Aber jetzt wollt ihr das nicht mehr?“

Anna trank noch einen Schluck Tee und schüttelte den Kopf. „Nein, noch nicht. Weißt du, da ist ein Mann … eine Person, die für McCabe arbeitet, und er hat mir von einem Pferd erzählt, das Mrs. McCabe gehört. Und er macht sich Sorgen um dieses Pferd. Nun, eigentlich arbeitet er nicht mehr für McCabe, weil er gefeuert wurde und …“

„Was in aller Welt redest du da?“ fragte Claire.

Anna hielt inne und blickte die Frauen an, die um den Tisch herum saßen. „Ich glaube, mit diesem Pferd hat es etwas Wichtiges auf sich. Würdet ihr mitkommen und es euch ansehen?“

Molly schüttelte leicht den Kopf. „Ich denke nicht, dass wir uns in der Nähe von McCabes Eigentum blicken lassen sollten.“

„Ich denke, wir sollten auf Anna hören“, sagte Emma.

Tess fing Emmas Blick auf und wusste, dass sie einen Einblick in das Geschehen erhalten hatte.

„Malcolm macht sich Sorgen um dieses Pferd“, sagte Anna. „Und da es etwas mit Mrs. McCabe zu tun hat, dachte ich, ihr würdet es vielleicht wissen wollen.“

„Wer ist dieser Malcolm?“, fragte Claire.

Annas überraschter Blick verriet, dass sie die Identität der Person, die ihr von dem Pferd erzählt hatte, eigentlich hatte verbergen wollen. Sie zögerte und räusperte sich, doch dann gab sie die Wahrheit preis. „Malcolm Hardy.“ Das darauffolgende Schweigen veranlasste das Mädchen, weiterzureden. „Ich weiß, was ihr alle denkt, dass die Hardys keine gute Gesellschaft sind, aber Malcolm ist anders.“

Tess war sich da nicht so sicher, und nach den skeptischen Blicken der anderen Frauen zu urteilen, stimmten diese ihr zu. Aber letztendlich siegte die Ernsthaftigkeit, mit der Anna ihr Anliegen vorgetragen hatte.

„Ich würde mir das Pferd gerne ansehen“, sagte Molly. „Tiere kennen die Geheimnisse des Universums. Kannst du dafür sorgen, dass uns niemand beobachtet?“

Anna nickte. „Ja. Ich kann Malcolm um Hilfe bitten.“

Kapitel Zehn

Molly

Molly stand vor dem Korral, dicht gedrängt neben Emma, Claire und Tess, und betrachtete die Stute. „Du hast schon ein paar Jährchen auf dem Buckel, nicht wahr?“, murmelte sie. Die Stute hob den Kopf und schaute sie an. Ihr ergrauendes schwarzes Fell war lang und struppig. Aber trotz ihres offensichtlich hohen Alters waren ihre Augen klar.

„Eine weise Seele, glaube ich“, sagte Emma.

Von hinten meldete sich Anna zu Wort. „Malcolm sagte, dass sie außer Mrs. McCabe niemanden mag, obwohl er es nach einer gewissen Zeit geschafft hat, von ihr akzeptiert zu werden.“

Claire lehnte sich ein wenig näher heran. „Ihre Ergebenheit gegenüber Mrs. McCabe ist schon etwas Besonderes, nicht wahr?“

„Pferde haben die Fähigkeit, ihre Reiter zu tragen“, sagte Tess. „Und das nicht nur körperlich.“ Sie blickte über ihre Schulter zu Anna. „Wie heißt sie?“

„Songbird“, antworteten Anna und Emma gleichzeitig.

Molly war nicht überrascht, dass ihre Schwester den Namen des Pferdes bereits kannte – Emma konnte entlang von

Traumpfaden wandeln, die sich wie unsichtbare Spuren über das Land zogen. Sie sagte, dass sie ihnen manchmal in die Vergangenheit folgte, um Informationen zu beschaffen.

Claire wandte sich an Emma. „Wie alt ist sie?“

Emmas Mundwinkel zuckten amüsiert. „Tiere messen ihre Lebenszeit nicht wie wir, aber ich spüre, dass sie schon viel gesehen hat.“

Hastige Schritte ertönten und einen Moment später erschienen Katie, Josie, Sarah und Sophie bei ihnen, ganz außer Atem.

„Was macht ihr denn hier?“, fragte Anna und reckte den Hals, um an ihnen vorbeizuschauen. „Malcolm sollte uns doch warnen, wenn jemand in diese Richtung kommt.“

„Meinst du den großen Mann am Eingang?“, fragte Sarah. „Wir haben ihm gesagt, wer wir sind. Wir haben euch vom anderen Ende der Ställe aus gesehen, aber ihr habt nicht auf unsere Rufe reagiert.“

„Wir haben euch nicht gehört.“

„Das dachte ich mir. Deshalb sind wir euch hinterhergerannt. Was macht ihr hier?“

„Seid leise, Mädels“, sagte Molly. „Wir unterhalten uns mit einem Pferd.“

„Macht Tante Em ihr geheimes Ding?“, flüsterte Sophie mit großen Augen.

Molly lächelte. „So etwas in der Art.“ Sie wandte sich wieder Songbird zu. „Meinst du, wir können zu ihr in den Stall?“, fragte sie Emma.

„Ich glaube schon.“ Emma blickte die Mädchen an. „Aber ihr bleibt draußen. Wir wollen das Tier nicht überfordern und ich will nicht, dass eine von euch zu Schaden kommt.“

Tess öffnete das Tor, und die vier Erwachsenen traten ein. Songbird schien es gelassen zu nehmen, weder ihre Ohren noch ihr Schweif zuckten. Ein gutes Zeichen. Sie stellten sich vor ihr auf. Molly kam es fast so vor, als wäre Songbird ein Orakel, zu dem sie gekommen waren, um Antworten auf die wichtigen Fragen des Lebens zu erhalten.

„Sie ist ruhig und aufgeschlossen", sagte Emma, die ihr am nächsten stand. Behutsam streckte sie ihre Hand aus und legte sie auf den Hals des Pferdes. „Sie macht sich auch Sorgen. Um Mrs. McCabe, glaube ich. Zwischen den beiden existiert ein starkes Band. Als sie jung war, gehörte sie zu einem Stamm. Ich bin mir nicht sicher, zu welchem, aber vielleicht den Comanchen? Ich wünschte, du könntest es auch sehen, Molly." Emma strich mit ihrer Hand über den Körper des Tieres. „Sie kam jung zu ihnen und war ziemlich wild. Sie dachten, sie hätten sie gezähmt, aber sie war stur und ließ sie nur in dem Glauben. Sie hatte bereits ihre Flucht geplant, da kam diese Frau. Die Frau litt sehr und Songbird beschloss, dass sie sie nicht verlassen konnte. Später wurde die Frau vom Stamm weggeholt, und da Songbird sie immer noch nicht verlassen konnte, floh sie und folgte ihr. Mrs. McCabe litt großen Kummer, daher blieb die Stute, um ihr zu helfen. Und sie ist all die Jahre über bei ihr geblieben."

Eine Erinnerung kroch aus der Tiefe hervor, bedeckt von Staub und Zeit, aber als sie wieder zum Vorschein kam, erkannte Molly die Wahrheit darin. „Ich erinnere mich an eine Geschichte der Kwahadi über ein magisches Pferd. Sie nannten es *Birdsong*, weil man sagte, dass es mit den Vögeln sprach, wo immer es hinging. Aber eines Tages rannte es weg und kehrte nicht mehr zurück, und es hieß, es habe sich in einen Vogel verwandelt und sei zu seinen Freunden in den Himmel geflogen. Das war nur ein Märchen. Ich hätte nie gedacht, dass daran etwas Wahres sein könnte, aber …"

Emma lächelte. „Es ist wahr."

„Dann stimmt es wohl – Mrs. McCabe war bei den Kwahadi-Comanchen", sagte Claire. „Und die Geschichte über ihre Tochter muss auch wahr sein."

Ein Schauer lief Molly über den Rücken, und das nicht nur wegen Mrs. McCabe und ihrer Tochter, einem Mädchen, das Molly zweifellos gekannt haben musste.

Ihr Magen krampfte sich zusammen und Heimweh packte sie. Nach den Comanchen.

Gleichzeitig bereitete der Kummer über den Verlust ihrer Comanchen-Familie ihr Schuldgefühle. Wie konnte sie die Menschen vermissen, die sie von ihrer echten Familie fortgerissen hatten? Aber ihr Comanchen-Vater, seine beiden Frauen und ihre beiden Comanchen-Schwestern waren nicht dafür verantwortlich, dass sie entführt worden war. Das hatten andere aus dem Stamm getan. Ihre Comanchen-Familie hatte sich um sie gekümmert, sie sogar geliebt, und Molly hatte sie im Gegenzug auch lieben gelernt. Vielleicht aus der Not heraus, vielleicht aber auch aus echter Zuneigung. Spielte das eine Rolle?

Wenn sie etwas aus ihrer Vergangenheit gelernt hatte, dann, dass man Schmerz nur mit ebenso viel Liebe ertragen konnte.

Molly streckte ihre Hand aus und legte sie auf das struppige Fell der Stute. Songbird zuckte nicht zurück und begegnete Mollys Blick ruhig und konzentriert. Für ein Tier, das angeblich nur wenige an sich heranließ, war sie unglaublich tolerant gegenüber den vier Frauen in ihrem Verschlag und den fünf Mädchen auf der anderen Seite des Gatters.

Es war, als würde sie einen alten Freund treffen, als würde sie einen Teil von sich selbst wiederfinden, den sie an dem Tag begraben hatte, an dem ihr Comanchen-Vater sie hatte gehen lassen.

Emma

Die Begegnung mit Songbird war besser verlaufen, als Emma erwartet hatte. Sie hatte befürchtet, das Pferd wäre traumatisiert oder in sich zurückgezogen, aber tatsächlich war das Tier trotz seines hohen Alters bei sehr guter Gesundheit. Abgesehen von ein paar schmerzenden Gelenken war es immer noch stark und zeigte einen eisernen Willen. Diese Stute war fest entschlossen, zu leben, ganz gleich, was ihr bevorstand.

Emma hatte auch die starke Zuneigung des Tieres zu Mrs. McCabe gespürt und vermutete, dass das Pferd die Frau über all die Jahre hinweg aufrechterhalten hatte, in denen sie andernfalls aufgegeben hätte.

Als Emma und die große Gruppe von Frauen und Mädchen den Stall verließen, trafen sie auf Malcolm Hardy, der sozusagen über sie gewacht hatte. Emma kannte seine Familie und wusste, dass die Jungen es nicht leicht hatten, doch Malcolm strahlte eine unerwartete Ruhe aus.

„Wie ist es gelaufen?", fragte er in ruhigem Tonfall und Emma entging der Blick nicht, den er in Annas Richtung warf.

„Es war gut", sagte Emma. „Dieses Pferd ist stark. Ich glaube nicht, dass Sie sich Sorgen machen müssen. Mrs. McCabe und die Stute verbindet eine Freundschaft, die nicht so leicht zerbrechen kann."

Erleichterung blitzte in den Augen des jungen Mannes auf und Emma spürte das Band zwischen ihm und Anna. Es war so eindeutig, dass es kaum zu übersehen war.

Eine Szene tauchte lebhaft vor ihrem inneren Auge auf, wie so oft, wenn Emma eine Vision hatte. Sie blieb reglos stehen, um niemanden zu beunruhigen.

Als die ersten Sonnenstrahlen über den Horizont kletterten, ergriff Malcolm Annas Hand und führte sie in den neuen Tag hinein.

Die Verbindung zwischen Malcolm und Anna war fast greifbar, so stark, wie es Emma im Laufe der Jahre nur selten begegnet war. Emma war verblüfft und wusste nicht, wie sie weiter vorgehen sollte. Obwohl Anna de facto nicht ihre Nichte war, war Emma für das Mädchen immer eine „Tante" gewesen und würde immer auf sie aufpassen.

„Geht es dir gut, Tante Em?" Anna legte ihr sanft eine Hand auf die Schulter.

„Ja." Natürlich würde sie weder Anna noch Malcolm von der

Beziehung erzählen, die sich möglicherweise zwischen ihnen entspinnen würde. Die meisten Menschen schätzten es nicht, ihre Zukunft zu kennen, auch wenn es nur eine mögliche Zukunft von vielen war. Sperling hatte Emma schon oft darauf hingewiesen, dass das Universum gerne über sich selbst lachte und man sich auf Absurditäten gefasst machen sollte.

Die Zukunft von Anna und Malcolm stand noch lange nicht fest.

Kapitel Elf

Josie

Das Echo ferner Schreie weckte Josie. Als sie sich aufsetzte und ihre Augen rieb, hörte sie Lärm vor dem Hotelzimmer, das sie mit Katie und ihren Cousinen teilte – eilige Schritte, Poltern und panische Schreie.

„Was ist da los?“, fragte Josie.

Im Fenster spiegelte sich ein schwacher orangefarbener Schein. „Feuer“, schrie Katie und schoss neben ihr aus dem Bett. Anna, Sarah und Sophie sprangen ebenfalls auf die Beine.

Voller Panik zog Josie sich einen Mantel über ihre Nachtwäsche und schlüpfte in ihre Schuhe, die sie hastig zuband. Anna riss die Tür auf und sie stürmten aus dem Zimmer, wo bereits ihre Eltern warteten.

„Was machen wir nun?“, fragte Katie.

„Ihr bleibt alle hier“, sagte Onkel Logan. „Wir sehen nach, was los ist.“

Bevor ihr Vater gehen konnte, rannte Josie zu ihm und umarmte ihn heftig.

„Es wird alles gut, Josie“, sagte er. „Geh zurück in dein Zimmer. Deine Cousinen sind bei dir.“

Sie wollte nicht, dass er sie verließ, aber sie nickte, weil sie für ihn stark sein wollte. Er küsste sie auf den Scheitel, dann drehte er sich um und ging mit Onkel Logan, Onkel Nathan und Onkel Cale davon.

Anna bugsierte sie zurück in ihr Zimmer, wo sie bei offener Tür auf den Bettkanten hockten, während sich ihre Mütter und Tanten im Flur leise unterhielten.

Ein schrecklicher Gedanke kam Josie in den Sinn, fast so schlimm wie der, dass ihr Vater sich dem Feuer nähern könnte. „Glaubst du, die Pferde sind in Sicherheit?“, flüsterte sie.

„Das sind sie bestimmt“, antwortete Anna. „Ich bin mir sicher, dass da draußen viele Männer sind, die helfen. Und Denton hat eine Feuerwehr. Das wird im Handumdrehen vorbei sein. Mach dir keine Sorgen.“

Tante Claire betrat den Raum. „Mädchen, wir möchten, dass ihr hierbleibt. Habt ihr verstanden?“

Anna nickte. „Ja, Ma.“

Von Panik ergriffen sprang Josie auf und rannte zu ihrer Mutter, die hinter Tante Claire stand. „Wo wollt ihr hin?“, fragte sie.

„Nirgendwohin, mein Schatz. Wir gehen nur nach unten und schauen, was wir in Erfahrung bringen können. Wir sind nicht weit weg. Bleib hier.“ Ihre Mama strich ihr über die Wange und drückte ihr dann einen Kuss auf die Stirn, nicht weit von der Stelle entfernt, an der ihr Papa sie gerade geküsst hatte. Oder war das schon länger her? Josie kam es so vor, als würde die Zeit sich ausdehnen.

Tante Claire schloss die Tür und nun saßen nur noch Josie, ihre Schwester und ihre Cousinen schweigend in ihrem Zimmer, während auf dem Nachttisch eine einzelne Lampe leuchtete.

„Was meint ihr, wie es angefangen hat?“, fragte Sophie.

„Ein Blitz?" Katies Frage hing in der Luft.

Annas Gesicht wurde ernst. „Es gab kein Gewitter. Wahrscheinlich wurde das Feuer von jemandem gelegt. Ich hoffe, Songbird ist in Sicherheit."

Josie erschrak. Die Pferde waren doch nicht sicher, trotz Annas Beteuerungen. Denn von einem Atemzug zum anderen wirkte sie plötzlich besorgt.

Josie blickte sich um und traf eine Entscheidung. „Ich bin gleich wieder da. Ich sehe mal nach, wo Mama ist."

„Nein." Annas Stimme war fest. „Du bleibst hier bei mir."

„Und wenn es hier nicht sicher ist?", konterte Josie. „Was, wenn das Feuer auf dieses Gebäude übergreift? Ich finde wirklich, wir sollten auch runtergehen."

„Sie hat recht", sagte Sarah mit kreidebleichem Gesicht. „Wir sollten uns nicht im zweiten Stock aufhalten."

Anna schwieg und furchte die Stirn. „Na schön. Ihr habt recht. Packt alles Wichtige zusammen und kommt raus in den Flur."

Rasch folgten sie ihren Anweisungen. Josie schnappte sich ihr Lieblingslasso und schlang sich das sechs Meter lange Seil schräg um den Oberkörper. Dann liefen sie alle die Treppe hinunter und traten hinaus auf den Bürgersteig. Sie suchten rasch die Umgebung ab, aber von ihren Müttern und Tanten war keine Spur.

„Was jetzt?", fragte Katie.

Ein Mann erschien. „Ihr müsst von hier verschwinden. Lauft nach Osten. Weg von dem Feuer." Dann rannte er weiter.

Anna straffte die Schultern. „In Ordnung, folgt mir."

„Was ist mit Mama und den anderen?", fragte Josie.

„Ich bin sicher, es geht ihnen gut", erwiderte Anna. „Aber wir müssen gehen."

Die Mädchen wandten sich nach rechts und liefen los, während Josie im nächsten Bruchteil einer Sekunde nach links zu den Stallungen abbog. Vielleicht brauchten die Pferde Hilfe. Sicher war ihr Papa schon dort. Sie würde ihn finden und ihn bei den Tieren unterstützen.

Das Menschengedränge nahm zu, dunkle Schatten huschten hin und her. Josie hatte Mühe, den Weg zu finden. Wo ging es noch einmal zu den Ställen? Diese Straße hinunter, dann links abbiegen. Richtig?

Sie hielt einen Moment inne, um Atem zu schöpfen. Dichter Rauch hing in der Luft. Schützend bedeckte sie Nase und Mund mit einem Arm.

„Die Scheune!“, schrie eine Frau. „Sie brennt auch!“

Josie drehte sich um und bemerkte einen Jungen, der in diese Richtung rannte. War das Aaron Harner, der Junge, dem sie zu helfen versucht hatten?

„Nein!“, schrie sie. „Halt!“ Verzweifelt griff sie nach der Hand eines vorbeilaufenden Mannes. „Bitte halten Sie den Jungen auf!“

„Laufen Sie in die andere Richtung, Miss“, sagte er und machte sich von ihr los. „Verschwinden Sie von hier.“

Furcht erfasste sie. Aaron schwebte womöglich in Gefahr. *Ich muss etwas unternehmen.*

Sie rannte los und erblickte ihn, als er geradewegs in die Scheune hineinlief, dort wo eigentlich die Tür sein sollte, jetzt aber nur Rauch hervorquoll.

„Nein!“, schrie sie.

Verzweifelt hielt sie nach jemandem Ausschau, den sie um Hilfe bitten konnte, aber sie war vollkommen allein. Es war fast gespenstisch still hier, während eine Straße weiter lautes Geschrei zu hören war. Ihr wurde klar, dass alle die entgegengesetzte Richtung eingeschlagen hatten und zu den Ställen gelaufen waren. Das ergab Sinn. Dort waren die Tiere untergebracht. In der Scheune befanden sich nur Waren, Kleidung und handgefertigte Gegenstände. Sicherlich wertvoll, aber nicht unersetzlich.

Josie ging näher zum Eingang, den Arm weiterhin vor ihrem Gesicht. Sie senkte ihn leicht, um nach Aaron zu rufen, und bedeckte dann schnell wieder ihren Mund.

Sie ging auf und ab und im Kreis, während sie überlegte, was sie tun sollte, aber Aaron kam einfach nicht heraus. Wahrscheinlich war er bewusstlos und würde sterben, wenn er dort drinblieb.

Sie nahm das Lasso ab, zog ihren Mantel aus und legte ihn so über ihren Kopf, dass nur eine Öffnung für ihre Augen frei blieb. Mit dem Lasso in der Hand stürmte sie in das Gebäude. Der dichte Rauch ließ ihre Augen brennen. Sie hielt den Atem an, so lange sie konnte. Ein paar Mal rief sie seinen Namen, doch je mehr Rauch sie einatmete, desto schwieriger wurde es.

Die Hitze war unerträglich und das Feuer toste in ihren Ohren. Balken krachten und fielen herab, sodass sie zusammenschrak.

Ihr blieb nicht mehr viel Zeit und sie wünschte sich sehnlichst ihren Pa herbei. Sie wollte nicht, dass Aaron starb, aber sie hatte auch selbst Angst vor dem Sterben. Ihre Familie wäre so traurig. Pa würde untröstlich sein.

Würden sie überhaupt erfahren, dass sie hier gestorben war? Was, wenn ihre Leiche zu Asche verbrannte und nicht identifiziert werden konnte?

Ihre Mama war als Kind von den Comanchen entführt worden, doch in einer bittersüßen Wendung des Schicksals war ein anderes kleines Mädchen, das man zusammen mit ihr gefangen genommen hatte, dem Feuer überlassen worden. Josies Mutter hatte dem Mädchen zuvor ihre Halskette mit dem Kreuz geschenkt, und als Onkel Cale die Leiche fand, hatte er fälschlicherweise angenommen, dass das bis zur Unkenntlichkeit verbrannte Kind ihre Mutter gewesen war.

Sollte dies nun ihr Schicksal sein?

Josie schnappte nach jedem bisschen Luft, das sie kriegen konnte. *Schnell! Schnell weitersuchen!*

Sie ließ sich zu Boden sinken und kroch voran, vergeblich nach Aaron Ausschau haltend. Wenn sie bewusstlos wurde und ihr Körper verbrannte, würde sie so enden wie dieses Mädchen. Keiner würde je erfahren, dass sie es war.

Sie stieß mit etwas zusammen.

Dem Herrn sei Dank! Ihre Finger ertasteten Kleidung und eine schlanke Gliedmaße, wahrscheinlich ein Arm. Sie hoffte inständig, dass es Aaron war. Sie rüttelte ihn. Keine Reaktion. Ihr lief die Zeit davon.

Sie schlang das Lasso unter seinen Armen hindurch und machte sich daran, ihn zurück in Richtung Ausgang zu ziehen. Es war mühsam, den Mantel vor ihrem Gesicht zusammenzuhalten, während ihr der Schweiß in den Augen brannte. Stöhnend und ächzend wuchtete sie ihn aus der Scheune und verlor dabei ihren Mantel.

Und das war das Letzte, woran sie sich erinnerte.

Molly

Molly eilte verzweifelt durch die Straßen und suchte nach der Arztpraxis. Matt war irgendwo hinter ihr, aber sie hatte nicht auf ihn warten können.

Josie.

Ihr Mädchen war vor der Scheune gefunden worden und wurde in einer der Arztpraxen der Stadt behandelt. Der Hotelangestellte hatte es irgendwie geschafft, Molly ausfindig zu machen, und sobald er Josie und den Arzt erwähnt hatte, war sie sofort losgerannt.

Sie schob sich an mehreren Männern und Frauen vorbei in das Gebäude und entdeckte Claire, die sich um die Verwundeten kümmerte. Sie lagen überall in der kleinen Praxis verteilt – auf dem Boden, auf Tischen und einer auf dem Sofa.

Claire lief auf sie zu und ergriff ihren Arm. „Der Hotelangestellte hat dich gefunden. Gott sei Dank.“ Sie führte Molly in den hinteren Teil des Raumes.

„Josie.“ Molly unterdrückte ein Schluchzen, weil sie fürchtete, den Ansturm der Gefühle nicht mehr zurückhalten zu können, sobald sie ihnen freien Lauf ließ. „Ist sie …?“

„Nein. Nein, ganz und gar nicht.“

Sobald sie Josie sah, eilte sie zu ihr und ließ sich neben ihrer Tochter auf die Knie fallen. Sie lag auf eine Decke gebettet auf dem Holzboden.

„Josephine, mein Liebling.“

Ihre Tochter öffnete die Augen und ein tonnenschwerer Stein fiel von Mollys Brust. *Sie lebt.*

„Mama.“ Josies Stimme war kaum mehr als ein heiseres Flüstern.

„Es ist alles in Ordnung.“ Molly strich ihrer Tochter über die Stirn. Ihr ganzes Gesicht war mit schwarzem Ruß bedeckt. „Sag jetzt nichts. Es wird alles gut.“ Molly sah mit flehendem Blick zu Claire auf. *Wird alles wieder gut?*

„Sie wird sich erholen. Du kannst stolz auf sie sein. Sie hat den Jungen da drüben gerettet.“ Sie nickte zu einem anderen Kind, das ein paar Schritte entfernt lag. Eine Frau beugte sich über ihn und Molly hatte keinen Zweifel daran, dass sie Comanchin war.

Claire drückte Molly einen Becher in die Hand. „Versuch, ihr etwas Wasser einzuflößen. Ich muss mich um die anderen Patienten kümmern.“

Molly nickte, immer noch zittrig.

Matt stand plötzlich neben ihr. Sein Gesicht war aschfahl und in seinem Blick lag echte Angst. Er war ganz auf ihre Tochter fokussiert. „Was ist passiert?“

„Sie hat ihr Leben für diesen Jungen da aufs Spiel gesetzt.“ Molly sprach gedämpft und deutete mit dem Kopf in seine Richtung.

„Warum hast du das getan, Josie?“, fragte Matt leise. „Du hättest einen Erwachsenen zur Hilfe holen müssen.“

„Das wollte ich“, krächzte Josie. „Es war keine Zeit.“

„Warum habt ihr das Hotel verlassen?“, fragte Molly.

„Wir dachten, wir wären dort nicht sicher, aber dann konnten wir euch nicht finden. Und ich habe mir Sorgen um die Pferde gemacht."

„Den Tieren geht es gut", beruhigte Matt sie. „Die Stadtbewohner haben schnell reagiert."

„Es tut mir leid, dass ich dich allein gelassen habe, Josie", sagte Molly. „Wir waren nur einen Moment weg …" Ihre Kehle schnürte sich zusammen.

Matt legte ihr eine Hand auf die Schulter und drückte sie sanft. „Schon gut", murmelte er. „Du kannst die Vergangenheit nicht mehr ändern."

Das sagte ihr Mann oft, um sie zu trösten. Und er hatte recht. Aber trotzdem … sie hätte beinahe ihr kleines Mädchen verloren.

Molly nahm Josies Hand in ihre, unendlich dankbar, dass ihre Tochter noch lebte. Sie warf einen Blick auf den Jungen und die Frau, die eindeutig seine Mutter war, und plötzlich spürte sie eine seltsame Vertrautheit. Da hob die Frau ihren Blick und drehte sich gerade so weit, dass sie Molly direkt in die Augen sehen konnte.

Und da wusste sie es. Der Junge war Aaron Harner, Bills Sohn. Und die Frau war Bills Ehefrau. Hatte er sie nicht Abbie genannt? Und sie war Comanchin. Und Molly kannte sie.

Abbies Augen füllten sich mit Tränen.

„Ich glaube es nicht", flüsterte Molly.

Matt nahm ihr den Becher mit Wasser ab und trat an Josies Seite, damit Molly aufstehen konnte. Sie ging zu Aaron hinüber. Seine Augen waren geschlossen, aber sein Brustkorb hob und senkte sich in flachen Atemzügen.

Molly hockte sich vor die Frau. *Running Water*. Ihre Comanchen-Schwester. Es war siebzehn Jahre her, dass Molly sie zuletzt gesehen hatte: Es war der Tag, als Molly den Stamm verlassen hatte, als ihr Comanchen-Vater versucht hatte, das Richtige für sie zu tun, indem er sie zu einem Außenposten der Comancheros brachte, um ihr zu helfen, zu ihrer ursprünglichen Familie zurückzukehren. Auch wenn Molly ihr genaues Alter nicht kannte – sie hatte die Jahre nicht gezählt –, musste Running Water mindestens drei oder vier Jahre jünger als sie gewesen sein. Später, nachdem Molly zu den Überresten ihres Elternhauses zurückgekehrt und von Matts Eltern aufgenommen worden war, hatte seine Mutter ihr geholfen, den zeitlichen Ablauf zu rekonstruieren.

Molly war siebzehn Jahre alt gewesen, als Bull Runner, ihr Comanchen-Vater, sie zum Außenposten gebracht hatte, also müsste Running Water etwa dreizehn gewesen sein. Molly hatte wirklich geglaubt, sie würde sie nie wiedersehen.

„Kaktus-Vogel." Die Frau benutzte den Namen, den ihr Comanchen-Großvater Molly gegeben hatte.

„Ja." Doch bevor sie ihr Wiedersehen gebührend feiern konnten, sah Molly Aaron an und fragte: „Wie geht es ihm?"

„Er lebt, dank deiner Tochter." Tränen liefen Running Water übers Gesicht. „Habt Dank."

„Ich bin nicht sicher, was passiert ist, aber ich bin froh, dass beide leben."

Bill Harner traf ein. Sorgenfalten standen auf seiner Stirn. Er sank auf der anderen Seite von Running Water auf die Knie. Sie sprachen leise und schnell miteinander und Molly erkannte die Sprache der Comanchen.

Bill legte eine Hand auf Aarons Brust, spürte die Bewegungen seines Atems und hob dann seinen Blick zu Molly. „Wir stehen in der Schuld Ihrer Tochter."

Running Water raunte ihrem Mann noch etwas zu, woraufhin er erneut zu Molly blickte. Überraschung leuchtete in seinen Augen. „Ich hatte keine Ahnung, dass Sie Abbies Schwester waren."

„Das wusste ich auch nicht", sagte Molly. „Nicht, bis ich sie gerade gesehen habe."

„Es tut mir leid, dass ich Sie von ihr ferngehalten habe." Er ließ seinen Blick zu seiner Frau schweifen. „Aber Abbie bleibt gern für sich. Sie ist jetzt nur hier, weil …" Seine Stimme erstarb, als er auf seinen Sohn hinunterblickte.

„Ich verstehe“, sagte Molly. „Ich lasse Sie allein, damit Sie sich um ihn kümmern können. Vielleicht können wir uns später unterhalten.“

Abbie lächelte, aber ihre Lippen bebten. Aaron und Josie waren vielleicht noch nicht über den Berg. Molly kehrte zu Matt und ihrer Tochter zurück.

Kapitel Zwölf

Cale

Cale betrachtete die schwelenden Überreste des nördlichen Teils der Stallungen. Es hätte viel schlimmer kommen können, aber dieser Gedanke minderte nicht die Müdigkeit, die von ihm Besitz ergriffen hatte, während die Sonne am Himmel höher stieg.

Alle Familienmitglieder waren in Sicherheit, auch wenn Josie sich noch immer von dem vielen Rauch erholen musste, den sie eingeatmet hatte. Mit Hilfe der Feuerwehr und der Bevölkerung von Denton war das Feuer eingedämmt und die Tiere gerettet worden. Sie waren auf behelfsmäßigen Koppeln untergebracht, auf denen derzeit Freiwillige aushalfen.

Tess und Emma unterstützten einige andere Frauen bei der Essenszubereitung. Nachdem Claire Molly geholfen hatte, Josie in ihrem Hotelzimmer unterzubringen, war sie zurückgekehrt, um den Dentoner Ärzten bei der Versorgung der Verletzten zur Hand zu gehen. Molly wich Josie nicht von der Seite, aber Cales Nichten – Anna, Katie, Sarah und Sophie – taten, was sie konnten, beschafften Wasser und Essen für diejenigen, die sich um die

Verletzten kümmerten, machten Besorgungen und passten auf Kinder auf, damit die Eltern anderweitig helfen konnten. Cale war verdammt stolz auf seine Familie und obwohl er seine eigenen Mädchen vermisste, war er doch erleichtert, dass ihnen diese Erfahrung erspart geblieben war. Es war ein egoistischer Gedanke, aber was, wenn eine von ihnen verletzt worden wäre? Oder Schlimmeres?

Da ein Großteil der Aufräumarbeiten erst stattfinden konnte, wenn die Asche abgekühlt war, hatte Cale vorerst getan, was möglich war. In der Ferne entdeckte er Matt und Logan, die bei den Pferden halfen. Cale würde sich ihnen bald anschließen. Aber zuerst hatte er noch etwas zu erledigen.

Er lief zum Stadtrand und suchte sich einen Ort abseits der Hauptstraße, wo sich eine kleine Baumgruppe befand. Er wollte sich nicht unbedingt verstecken, aber er wollte auch keine Aufmerksamkeit erregen. Er wandte sich der Sonne zu.

Dann zog er den Beutel mit *ha-dintin*, dem heiligen Blütenstaub, aus seiner Hemdtasche und begann mit der Zeremonie, die ihm die Apachen vor langer Zeit beigebracht hatten. Es war schon ein bisschen spät dafür – eigentlich sollte sie durchgeführt werden, wenn die Sonne gerade über den Horizont kletterte –, dennoch spürte er den Drang dazu. Trotz allem, was er in seinem Leben getan und gesehen hatte, sowohl im Dienst der U.S. Army als auch als Kopfgeldjäger an der Seite von Tess' Vater – und manches belastete seine Seele noch immer, wenn er zu lange darüber nachdachte –, glaubte er an die Macht des Geistes, die Menschen in dieser Welt zu segnen. Und wenn seine Zeremonie auf eine noch so kleine Weise helfen konnte, dann tat er es gerne.

Nachdem er die Gebete beendet und den neuen Tag begrüßt hatte, fügte er einen zusätzlichen Segen für Josie hinzu. Sie hatte Matts Gerechtigkeitssinn und Mollys Sturheit geerbt. Das war bewundernswert, aber er befürchtete, dass diese Begegnung mit dem Tod nicht ihre letzte gewesen sein könnte.

Sophie

Sophie hielt ihr Exemplar von Sherlock Holmes umklammert, als sie das Zimmer verließ, in dem Josie lag und sich erholte. Ihre Cousine sah schon besser aus und hatte die Hühnerbrühe geschlürft, die von den Frauen in der Hotelküche, zu denen auch Tante Emma und Tante Tess gehörten, zubereitet worden war. Auch Tante Molly wirkte wieder fröhlicher, was die Enge in Sophies Brust ein wenig linderte. Sie mochte es nicht, wenn Erwachsene Kummer hatten. Und warum um alles in der Welt war Josie Aaron in diese brennende Scheune gefolgt? Ihre Cousine hatte nicht nachgedacht. Und deshalb hätte sie jetzt tot sein können.

Aber immerhin hatte Josie Aaron gerettet, und das war in der Tat eine sehr gute Nachricht. Bisher war nicht bekannt, dass jemand bei dem Brand ums Leben gekommen war, und es wäre sehr traurig gewesen, wenn Aaron gestorben wäre, besonders für seine Familie.

Es war früher Nachmittag, als Sophie das Hotel verließ. Ihr Ziel war die Arztpraxis, in der ihre Mutter arbeitete. Sie wollte sich erkundigen, ob sie Hilfe brauchte. Anna war bereits dort – sie hatte ein gewisses Talent zur Krankenpflege, oder vielleicht lag es nur an ihrer herrischen Art. Aber zugegebenermaßen war sie sehr strukturiert und Sophie wusste, dass ihre älteste Schwester ihre Helferrolle äußerst ernst nahm. Die kleinen Kinder, auf die Sophie und Katie aufgepasst hatten, waren inzwischen wieder bei ihren Eltern, und Katie hatte sich auf die Suche nach ihrem Vater gemacht. Sarah war erschöpft und ruhte sich aus, da sie fast die ganze Nacht über wach gewesen waren.

Sophie war auch müde, aber sie wollte ihre Mama sehen.

Eine Katze huschte unter den Brettern des Bürgersteigs hervor und in eine schmale Gasse hinein. Sophie blieb stehen und betrachtete sie. Ihr schwarzes Fell war struppig und staubbedeckt. War sie irgendwo vom Feuer eingeschlossen gewesen? Während ihre Schwestern unbedingt einen Welpen aus dem Wurf wollten, den sie vor ein paar Tagen besucht hatten, hatte Sophie schon immer eine Vorliebe für Katzen gehabt.

„Geht es dir gut?“, flüsterte Sophie.

Die Katze starrte sie aus großen grünen Augen an und verschwand dann in der Gasse. Sophie folgte ihr so leise wie möglich, um das Tier nicht zu verschrecken. Sie steckte das Buch in den Bund ihres Rocks, damit sie die Hände frei hatte, um das Tier einzufangen.

Die Katze blieb in der Nähe einer Tür stehen. Sophie ging in die Hocke und streckte ihre Hand aus, um ihr zu zeigen, dass sie ihr vertrauen konnte. Die Tür neben ihr öffnete sich einen Spalt breit, aber Sophie rührte sich nicht, um ihren neuen Freund nicht zu erschrecken. Drinnen unterhielten sich zwei Männer in gedämpftem Tonfall. Sophie versuchte sie zu ignorieren und hoffte, dass sie die Katze nicht verscheuchen würden. Dennoch drangen Fetzen ihrer Unterhaltung an ihre Ohren.

„… Wir müssen es verstecken oder aus der Stadt verschwinden …“

„Ich kann meine Mutter nicht hierlassen …“

Sophie warf einen Blick in den Raum und erstarrte. Auf einem Tisch lagen Geldstapel. Zum Glück standen die Männer mit dem Rücken zu ihr. Sie hatte gehört, wie sich ihr Vater und Onkel Matt vor Josies Zimmer leise darüber unterhalten hatten, dass während des Feuers die Bank ausgeraubt worden war. Man ging von Brandstiftung aus. Onkel Matt fluchte viel mehr, wenn er dachte, dass ihn keines der Kinder hören konnte. Waren diese Männer die Diebe?

Sie richtete ihren Blick wieder auf die Katze. Das Tier sah ihr kurz in die Augen, dann drehte es sich um und rannte weiter in die Gasse hinein. Einen beängstigenden Augenblick lang wusste Sophie nicht, was sie tun sollte. Sie wollte dem Tier folgen, aber es war unwahrscheinlich, dass sie es je erwischen würde. In der Hoffnung, dass ihm schon nichts passieren würde, stand sie vorsichtig auf und ging einige Schritte rückwärts, um die Männer nicht auf sich aufmerksam zu machen. Sie fürchtete sich davor, was sie mit ihr anstellen würden, wenn sie von ihrer Anwesenheit wüssten.

Nachdem sie ein paar Schritte Abstand zwischen sich und die Tür gebracht hatte, machte sie auf dem Absatz kehrt und lief auf die Hauptstraße zu. Als sie um die Ecke bog, stieß sie mit zwei Fußgängern zusammen. Der Mann und die Frau fingen sie auf und stellten sie wieder auf die Beine.

„Verzeihen Sie bitte. Ma'am. Sir." Sie schob sich an ihnen vorbei und lief schnell weiter in Richtung der Arztpraxis. Erst als sie fast dort war, bemerkte sie, dass ihr Sherlock-Holmes-Buch verschwunden war, wahrscheinlich hatte sie es auf der Flucht verloren.

Claire

Blonde Haarsträhnen fielen Claire ins Gesicht, als sie sich streckte, um die Schmerzen in ihrem unteren Rücken zu vertreiben.

Es war eine lange Nacht und ein arbeitsreicher Vormittag gewesen. Die Verletzten waren erst in Dr. Baldwins kleine Praxis und später in ein nahe gelegenes Café gebracht worden, in dem man die Tische und Stühle beiseitegeschoben hatte. Die Ärzte der Stadt hatten sich alle an einem Ort versammelt, um die Patienten nicht unnötig zu verlegen. Die meisten litten an Rauchvergiftungen, aber es gab auch Verbrennungen und ein paar gebrochene Gliedmaßen. Dr. Baldwin hatte ihre Hilfe willkommen geheißen, und sie war ihm gern zur Hand gegangen, aber jetzt machte sich Müdigkeit in ihr breit und ihr Magen knurrte.

„Hallo, meine Schöne."

Claire drehte sich zu Logan um und lächelte, glücklich und erleichtert, ihn zu sehen. Er reichte ihr ein in ein kariertes Tuch eingewickeltes Päckchen.

„Das ist ein Schinkensandwich", sagte er.

„Oh, danke schön." Sie nahm das Essen und bedeutete ihm, ihr in eine Ecke des Raumes zu folgen. Sie wusch sich die Hände an einem Waschbecken und trocknete sie mit einem Handtuch ab, dann setzte sie sich auf einen Stuhl und begann zu essen, während ihr Mann neben ihr saß.

„Ich dachte mir, dass du das brauchen könntest, und es sieht ganz danach aus, als hätte ich recht gehabt."

„Ich habe seit dem Abendessen nichts mehr zu mir genommen", sagte sie mit vollem Mund, ohne auf ihre Manieren zu achten.

„Sag nichts. Iss einfach."

Sie schluckte den ersten Bissen hinunter und kurz bevor sie erneut abbiss, fragte sie: „Wie geht es den Mädchen?"

„Es geht ihnen gut. Sie helfen, wo sie können."

„Hast du nach Josie gesehen?"

„Ihr geht es auch gut", versicherte Logan. „Emma und Tess haben dafür gesorgt, dass Molly etwas zu essen bekommt, weil sie nicht von Josies Seite weicht."

Claire nickte. Sie hatte fast die Hälfte des Sandwichs aufgegessen und jetzt sackten ihre Schultern nach unten.

Logan streckte eine Hand aus und strich ihr ein paar verirrte Haarsträhnen zur Seite. „Du bist erschöpft. Ist ein Ende in Sicht?"

Da ihr Magen fürs Erste zufrieden war, unterbrach sie ihre Mahlzeit. „Ja. Vielleicht kann ich in ein paar Stunden eine Pause einlegen."

„Wie geht es dem Jungen von Harner?"

Ihr Blick wanderte zu dem Lager des Jungen, über den Bill und Abbie wachten. „Er schläft schon zu lange", sagte sie leise und mit schwerem Herzen.

Logan rutschte zu ihr hinüber, um einen Arm um sie zu legen, und sie lehnte sich an ihn.

Sie nickte in Richtung der besorgten Eltern. „Vielleicht könntest du ihnen auch ein paar Sandwiches besorgen."

„Das werde ich." Er gab ihr einen Kuss auf die Stirn.

Claire bemerkte ihre Tochter in dem Moment, als sie das Gebäude betrat. Sophie eilte zu ihnen und versuchte, zu Atem zu kommen.

Claire runzelte sorgenvoll die Stirn. „Was ist los?"

„Ich muss euch etwas sagen."

Sophie war ein ruhiges Kind und eine gute Beobachterin. Und obwohl sie die Nase oft in ein Buch steckte, neigte sie nicht zu Phantastereien. Das war eher Sarahs Ding.

Sophie senkte die Stimme und flüsterte: „Ich habe die Männer gesehen, die es getan haben."

Nathan

NATHAN HALF mit den anderen Freiwilligen bei der Versorgung der Pferde, die wegen des Feuers letzte Nacht verlegt werden mussten. Gerade war er damit fertig, Heu in den hintersten Korral zu bringen.

Logan kam auf ihn zu. „Hast du McCabe gesehen?"

„In letzter Zeit nicht." Nathan zog seine Arbeitshandschuhe aus und schob seinen Cowboyhut ein wenig hoch, um einen Blick auf die Männer zu werfen, die hier herumwuselten. Dann sah er Logan an und bemerkte dessen entschlossene Miene. „Du siehst aus, als würdest du gleich ein paar schlafende Hunde wecken."

Logans Augen blitzten auf und sein Kiefer spannte sich an. „Ich habe Grund zu der Annahme, dass er die Bank ausgeraubt hat, was ihn natürlich auch auf der Liste der möglichen Brandstifter ganz nach oben rückt."

Seit sie durch den Hotelangestellten von dem Bankraub erfahren hatten, lag der Schluss nahe, dass das Feuer nicht zufällig ausgebrochen war, wie viele in der Stadt glaubten. Nathan hatte bereits mit dem Sheriff gesprochen, aber er und sein Stellvertreter hielten die Ermittlungen vorerst geheim. „Wie kommst du darauf?“

Logan rieb sich den Nacken. „Nun, genau da wird es heikel. Meine Quelle ist Sophie.“

Nathan versteifte alarmiert die Schultern. „Was ist passiert?“

Mit leiser Stimme wiederholte Logan, was Sophie ihm erzählt hatte: wie sie der Katze gefolgt war und zwei Männer in einem Raum mit einer Menge Bargeld auf dem Tisch vorgefunden hatte.

„Haben sie sie gesehen?“

„Das glaubt sie nicht. Aber sie hatte ein Buch bei sich, das sie bei ihrer Flucht verloren hat. Ich habe ihren Weg zurückverfolgt, aber kein Buch gefunden. Ich habe auch an ein paar Türen geklopft, aber der Raum, den sie wahrscheinlich meinte, war leer.“

„Hat sie McCabe erkannt?“

„Nicht direkt. Aber einer von ihnen erwähnte, er könne die Stadt nicht ohne seine Mutter verlassen. Ich zähle nur eins und eins zusammen, basierend auf dem, was Claire mir erzählt hat.“

Nathan kämpfte gegen seinen Frust an. „Ich fürchte, das ist kein ausreichender Beweis. Trotzdem sollten wir damit zum Sheriff gehen.“

„Das denke ich auch, aber ich werde ganz sicher nicht zulassen, dass meine Tochter McCabe identifiziert. Er muss nichts von ihr erfahren.“

Nathan schaute über Logans Schulter zu einem Mann, der sich aus einiger Entfernung näherte. „Vorsicht mit deinen Wünschen“, murmelte Nathan und nickte kaum merklich.

McCabe blieb vor ihnen stehen und grüßte sie mit einem halben Lächeln, das kaum etwas Herzliches an sich hatte.

„Schlimme Sache mit dem Feuer“, sagte McCabe. „Ich bin froh, dass Ihre Tiere in Sicherheit sind.“

Nathan spürte die eiserne Beherrschung, die Logan sich selbst auferlegte.

„Und was wissen Sie über das Feuer?“, fragte Nathan.

McCabe zuckte mit den Schultern. „Dass es vielleicht von Kindern gelegt wurde? Die geraten ständig in Schwierigkeiten. Wo wir gerade dabei sind …“ Er griff in seinen Mantel und zog ein Buch heraus. „Ich glaube, Ihre Tochter hat das hier verloren.“ Er hielt ihm die Ausgabe von Sherlock Holmes hin. „Sophie, richtig?“

Logan rührte sich nicht, also nahm Nathan das Buch an sich.

„Ich habe es in einer Gasse gefunden“, fuhr McCabe fort, sein Blick hart und berechnend. „Sie sollten ihr sagen, dass sie sich nicht in dunklen Gassen herumtreiben soll.“

Während Nathan sich bereithielt, Logan von dem Mann wegzuziehen, sagte er: „Das Gleiche könnte ich Ihnen raten.“

„Ich wollte nur helfen.“

Logan trat einen Schritt vor. „Sie halten sich verdammt noch mal von meiner Tochter fern.“

„Dann sind wir uns ja einig.“ McCabes Mund verzog sich zu einem humorlosen Lächeln. „Darüber, dass wir uns verdammt noch mal alle voneinander fernhalten.“

Der Mann drehte sich um und ging.

Falls Nathan irgendwelche Zweifel gehabt hatte, wen Sophie in diesem Raum gesehen hatte, so waren sie jetzt ausgeräumt. McCabes Drohung war nur allzu deutlich. Er hatte die Bank ausgeraubt, und er wusste, dass Sophie ihn gesehen hatte. Oder?

„Ich glaube, er blufft“, sagte Nathan, als McCabe außer Hörweite war.

„Wie kommst du darauf?“

„Er hat ihr Buch gefunden, aber er weiß nicht, dass sie ihn gesehen hat. Er vermutet es nur.“

„Aber glaubst du mir jetzt, dass er an dem Raub beteiligt war?“

„Ja. Und wenn wir Sophie da heraushalten wollen, wird McCabe ungeschoren davonkommen.“ Logan wollte ihn unterbrechen, doch Nathan hob eine Hand. „Und nein, ich will damit nicht sagen, dass wir sie noch mehr in die Sache verwickeln, als sie es ohnehin schon ist. Ich schlage sogar vor, dass sie heute Nacht in mein und Emmas Zimmer zieht. Und zwar mit all euren Mädchen, falls jemand bei euch herumschnüffelt und du und Claire gerade bei den Verletzten seid."

Logans Blick war von Sorge getrübt, aber er nickte.

„Ich passe auf sie auf", fügte Nathan hinzu.

„Ich weiß. Danke."

„Und ich kenne diesen Blick."

„Welchen Blick denn?"

„Deinen ‚Ich hole mir ein Geständnis'-Blick. Wage ich zu fragen, wie dein Plan aussieht?"

Logan zögerte, dann sagte er: „Anna hat zufällig erwähnt, dass McCabe vor Kurzem Malcolm Hardy gefeuert hat."

Nathan lächelte. „Dann machen wir uns auf die Suche nach Hardy."

Kapitel Dreizehn

Molly

Molly saß Abbie gegenüber in einem Salon des Hotels, in dem die Harners wohnten. Es lag außerhalb des Stadtzentrums, vermutlich damit Abbie für sich bleiben konnte.

Molly hatte angeboten, zu ihnen zu kommen, da Abbie ihren Sohn nicht allein lassen wollte, der in einem der oberen Zimmer untergebracht war. Anna hatte sich bereit erklärt, währenddessen bei Josie zu bleiben. „Ich bin froh, dass Aaron aufgewacht ist", sagte Molly.

Abbie sah sichtlich erleichtert aus, obwohl ihr Gesicht noch immer die Strapazen der letzten zwei Tage zeigte. Sie hatte dunkle Ringe unter den Augen und ihr schwarzes Haar war zu einem Zopf geflochten, der aussah, als hätte sie ihn schon lange nicht mehr angerührt. „Das bin ich auch." Sie lächelte müde, aber aufrichtig. „Deine Josephine ist ein wahrer Segen. Ohne sie hätte ich meinen Aaron heute nicht mehr."

Molly spürte wieder das kalte Frösteln in ihrer Seele, wenn sie daran dachte, wie leichtsinnig Josie sich verhalten hatte, um Aaron zu helfen. Sie war unendlich dankbar, dass beide Kinder lebten, aber wenn sie ihre jüngste Tochter verloren hätte … es war kaum vorstellbar.

„Warum ist er in diese Scheune reingegangen?", fragte Molly.

„Er wollte meine Arbeit retten." Abbie wischte sich eine Träne von der Wange. „Das war so dumm von ihm, und das habe ich ihm auch gesagt." Sie schüttelte den Kopf. „So dumm."

Molly zögerte mit ihrer Antwort, denn „dumm" traf es nicht einmal ansatzweise. Sie versuchte, sich auf etwas anderes zu konzentrieren und holte tief Luft. Immer noch konnte sie es kaum fassen, dass sie Running Water nach so vielen Jahren wiedergefunden hatte. „Ich kann kaum glauben, dass du es bist."

„Es ist wirklich lange her."

„Erzähl mir von unserer Familie! Lebt Bull Runner noch?", fragte sie und dachte an ihren gemeinsamen Comanchen-Vater.

„Ja", antwortete Abbie. „Kurz nachdem du uns verlassen hattest, wurden wir in das Reservat umgesiedelt. Hast du deine Ursprungsfamilie gefunden?"

„Nicht sofort. Bull Runner hat mich zu einem *Comancheros*-Posten gebracht und danach habe ich zwei Jahre lang bei einem alten Mann in den Bergen von Mexiko gelebt. Als er starb, habe ich mich auf den Weg nach Texas gemacht. Aber meine Eltern waren beide tot und meine Schwestern waren nach Kalifornien zu einer Tante gezogen."

In Abbies Blick spiegelte sich Bedauern. „Das tut mir leid. Ich habe dich vermisst, nachdem du weg warst."

Mollys Kehle schnürte sich zu und sie ergriff Abbies Hand. „Und ich habe dich vermisst. Mir ist erst später klar geworden, wie sehr es mir das Herz gebrochen hat, den Stamm zu verlassen, und vor allem dich."

„Sits On Ground hat dich nicht vermisst", sagte Abbie mit einem Lachen, das Molly erwiderte.

„Das überrascht mich nicht." Sits On Ground und Molly waren etwa gleich alt gewesen, und ihre Comanchen-Schwester war eifersüchtig gewesen, als Molly vor ihr einen Heiratsantrag von einem der Krieger erhalten hatte.

„Ich bin froh, dass du Matt Ryan gefunden hast. Bill spricht in den höchsten Tönen von ihm."

Mollys Gesichtsausdruck wurde weicher. „Matt hat mir geholfen, das Trauma zu überwinden und ein neues, glücklicheres Leben zu erschaffen. Erzähl mir, wie es dazu kam, dass du Bill geheiratet hast!"

„Wir sind '75 ins Reservat gezogen und es war schrecklich. Nach einigen Jahren waren wir alle am Verhungern, also beschloss Bull Runner, Sits On Ground und mich nach Texas zu schicken, um dort auf einer Ranch zu arbeiten. Ich nehme an, er wollte uns auf die gleiche Weise helfen, wie er dir geholfen hat. Aber Sits On Ground weigerte sich zu gehen, also ging nur ich. Sie hat inzwischen geheiratet und ist immer noch dort. Sie und ihr Mann haben drei Kinder. Bull Runner hat sich eine kleine Farm aufgebaut. Er hat vier Frauen, trotz des Gesetzes."

Molly musste lächeln. Dann fragte sie: „Was ist auf der Ranch passiert? Hast du dort Bill kennengelernt?"

„Ja. Ich wurde gut behandelt. Ich sollte Englisch lernen und bekam einen neuen Namen. Bill arbeitete auch auf der Ranch, und als er beschloss, ein eigenes Grundstück zu erwerben, bat er mich, mit ihm zu kommen. Die meisten Leute nahmen an, ich wäre seine Köchin, und wir haben sie in dem Glauben gelassen. Es war einfacher so. Es gibt immer noch viele, die uns nicht gerne zusammen sehen."

„Ich verstehe. Ich bin froh, dass ihr trotzdem einen Weg gefunden habt, zusammen zu sein."

„Normalerweise komme ich nicht zu solchen Veranstaltungen in die Stadt. Es ist einfacher, wenn ich bei den Kindern bleibe. Aber diesmal wollten Aaron und Winnie unbedingt dabei sein, deshalb habe ich eingewilligt."

„Nun, es ist wirklich ein Wunder, dass ich dich gefunden habe.

Ich hoffe, wir sehen uns wieder. Du, Bill und die Kinder müsst uns unbedingt auf der Rocking Wren besuchen."

„Das würde ich gerne. Bill und ich nennen Winnie unseren kleinen Kaktus-Vogel."

Molly war gerührt. „Was ist mit …?"

Abbie verstand die Frage. „Bird Fly High ist während des ersten Jahres im Reservat gestorben. Es war sehr schwer für ihn. Und ich glaube, er hat dich vermisst."

Der Verlust ihres Comanchen-Großvaters erfüllte Molly mit Wehmut. Und dann durchfuhr sie der Schmerz mit voller Wucht. Nur mit Mühe konnte sie ihre Gefühle in Schach halten, als sie sich von Abbie verabschiedete – nicht ohne ihr zu versprechen, sie und Bill morgen noch einmal zu besuchen, bevor sie mit Matt und den Mädchen nach Hause fuhr.

Molly kehrte zurück in ihr Hotel und nachdem sie nach Josie gesehen hatte, die unter Annas Obhut tief und fest schlief, ging sie auf ihr Zimmer. Zum Glück war Matt mit Logan und Nathan unterwegs und der Raum leer. Sie schloss die Tür und sank vor dem Kamin zu Boden. Die uneingestandene Trauer stieg in ihr auf und bahnte sich ihren Weg hinaus, mit der Wucht einer Explosion, die sie nicht zurückhalten konnte. Sie stöhnte gequält auf, beugte sich vornüber und hielt sich den Bauch.

Comanchen-Krieger hatten sie von ihrer leiblichen Familie fortgerissen, von Robert und Rosemary Hart und ihren Schwestern Mary und Emma, und sie zum Stamm der Kwahadi verschleppt. Diese ersten Tage waren ein Wechselbad der Gefühle gewesen, ein Wirrwarr aus Angst und Schmerz und einem Wahnsinn, den sie lange unterdrückt hatte. Doch dann war etwas geschehen. Bull Runner hatte sie bei sich aufgenommen und seine beiden Frauen hatten sich um sie gekümmert, ebenso wie er selbst. Großvater war besonders freundlich zu ihr gewesen. Und mit der Zeit hatte Molly sie lieben gelernt. Sie hatte sie alle geliebt.

Und tief in ihr vergraben war das Wissen, dass diese Liebe nicht sein durfte.

Die Comanchen hatten ihre Familie zwar nicht getötet – dafür war ein rachsüchtiger Rancharbeiter verantwortlich –, aber sie waren dennoch ein Teil ihrer verlorenen Kindheit.

Das Wiedersehen mit Running Water hatte Molly daran erinnert, dass sie ein Kind zweier Welten war, dass sie zwei Familien gehabt hatte und aus beiden herausgerissen worden war.

Tränen strömten über ihr Gesicht und Schluchzer schüttelten ihren Körper, aber mit ihnen kam auch eine Woge der Wut, der Trauer und des Leids, die sie nie richtig verarbeitet hatte. Der Schmerz war wie ein tiefer Abgrund und sie schaffte es nicht mehr, ihn zu unterdrücken, auch wenn sie es wollte. Vielleicht war es an der Zeit, endlich damit abzuschließen.

Und hinzu kam die entsetzliche Angst, beinahe ihre geliebte Josephine verloren zu haben.

Die Tür öffnete sich und einen Moment später war Matt an ihrer Seite und nahm sie in die Arme. „Emma hat es mir erzählt", sagte er mit besänftigender Stimme.

Molly hatte mit Emma nicht über Running Water gesprochen, aber irgendwie hatte ihre Schwester es gewusst.

Matt war ihr Kindheitsfreund gewesen. Er hatte unermüdlich nach ihr gesucht, als sie verschwunden war, und hatte dann so tief getrauert, dass er, als sie zehn Jahre später zurückkehrte, zunächst nicht glauben konnte, dass sie es war. Auch wenn er lange gebraucht hatte, die Situation zu akzeptieren, war er immer eine Stütze für sie gewesen, und die Dankbarkeit und Zuneigung von früher hatten sich langsam in Liebe verwandelt, eine Liebe, die sie gerettet hatte. Und die sie seither jeden Tag rettete.

„Molly", flüsterte er. „Du bist zu Hause. Bei mir. Für immer."

Kapitel Vierzehn

Sarah

„Wo warst du?“, wollte Anna wissen.

Sarah machte sich nicht die Mühe, ihre Frustration zu verbergen, und verzog angewidert das Gesicht. Manchmal war Anna eine richtige Nervensäge. „Ich habe nachgedacht.“

Anna kniff die Augen zusammen. „Worüber?“

„Über das Pferd. Das, mit dem Tante Em gesprochen hat und von dem Tante Molly sagte, es sei bei den Comanchen eine Legende.“

Sophie, Katie und Josie rückten näher, damit die nachmittäglichen Passanten auf dem Bürgersteig vor dem Hotel sich nicht zwischen sie drängten, aber auch um zu hören, was Sarah zu sagen hatte.

Sarah war so froh, dass Josie, bis auf ein leichtes Kratzen im Hals, wieder ganz die Alte war. Das war eine große Erleichterung.

„Ich war heute Morgen bei ihr“, fuhr Sarah fort. Auf ihre fragenden Blicke hin fügte sie hinzu: „Bei der Stute.“

„Hast du etwas erfahren?“, drängte Josie.

Josie hatte schon immer eine besondere Beziehung zu Pferden

gehabt. Sarahs Ma meinte, das hätte sie von ihrer Mutter, Tante Molly. Daraufhin hatte Sarah sich immer gefragt, was sie von ihrer Mutter geerbt hatte, denn ihre medizinischen Fähigkeiten waren es ganz sicher nicht. Und sie hatte auch nicht die Absicht, in Dove Crossing zu bleiben und Vieh zu züchten. Sie wollte die Vergangenheit erforschen, genau wie Onkel Jimmy. Sie war begeistert von seinen Briefen, in denen er von seinen Paläontologiestudien berichtete.

Warum also nicht jetzt damit beginnen, das Geheimnis eines Pferdes namens Songbird zu entschlüsseln? Zuerst hatte Sarah vor dem Stall gestanden und versucht, mit dem Tier zu kommunizieren, so wie es Tante Em getan hatte. Aber das hatte sich recht schnell als vergeblich erwiesen. In Wahrheit hatte Sarah keine Ahnung, was Tante Em tat, wenn sie mit „anderen Welten und Geistern" in Kontakt trat, daher wusste sie auch nicht, wie genau sie so ein inneres Zwiegespräch mit einem Pferd anfangen sollte.

„Nein", gab Sarah zu. „Nicht von dem Pferd, wenn du das meinst. Aber als ich gerade gehen wollte, tauchte diese alte Dame – Mrs. McCabe – auf. Sie sagte einem der Stallburschen, er solle das Pferd für später satteln."

„Ich verstehe nicht, was daran so wichtig ist", sagte Anna mit ungeduldigem Unterton.

„Sie sagte, sie wolle den Jungen besuchen, der das Feuer überlebt hat."

Katies Augen weiteten sich. „Aaron?"

„Das nehme ich an."

„Das gefällt mir nicht", sagte Josie mit ärgerlicher Miene. „Warum will sie ihn belästigen?"

„Ich weiß es nicht", antwortete Sarah. „Aber wir sollten ihr folgen."

„Weißt du, wo die Harners untergebracht sind?", fragte Anna.

Sarah nickte. „Tante Molly sagte, dass sie und Onkel Matt sie vor dem Abendessen noch einmal besuchen wollten, um sich von ihnen zu verabschieden. Lasst uns mit ihnen gehen."

Molly

Molly hatte sich bei Matt untergehakt, während die fünf Mädchen ihnen hinterherliefen. Sie lehnte sich nah zu ihm und sagte: „Ich hatte nicht erwartet, heute Abend Gesellschaft zu haben."

„Sie haben etwas vor." Er warf einen Blick über seine Schulter. „Aber so können wir sie wenigstens im Auge behalten."

Während die Sonne am Himmel tiefer wanderte, verließen sie den Stadtkern und begaben sich zum Hotel der Harners einige Straßen weiter. Als sie dort ankamen, saßen Bill und Abbie mit Aaron draußen auf einer Bank. Molly war erleichtert, den Jungen auf den Beinen zu sehen. Er wirkte wohlauf, wenn auch ein bisschen müde.

Während sie sich alle begrüßten und die Mädchen vor allem Aaron umringten, bemerkte Molly überrascht, wie Myrna McCabe auf ihrem sehr alten Pferd Songbird heranritt.

„Mrs. McCabe", sagte Molly. „Es ist schön, Sie zu sehen."

Matt half der Frau von ihrem Pferd herunter.

„Ich bin gekommen, um den Jungen zu sehen", sagte Myrna und zeigte mit einem Finger auf Aaron.

Bill trat auf die Straße, um Myrna zu begegnen, während Abbie sich zu Aaron gesellte, der sich gerade mit den Mädchen unterhielt.

„Wir wollen keinen Ärger", sagte Bill zu der Frau.

„Ich auch nicht."

„Sah aber ganz danach aus", sagte Josie. Ihre Stimme war noch heiser von dem Rauch, den sie eingeatmet hatte.

„Josephine", mahnte Molly, konnte sich aber nicht dazu

durchringen, sie zu schelten. In sanfterem Tonfall fügte sie hinzu: „Benimm dich, mein Schatz."

„Ja, Ma'am." Doch der Trotz in Josies Augen blieb, was Molly gleichzeitig stolz und ratlos machte.

„Kann ich den Jungen sehen?", fragte Myrna.

Bills freundliche Haltung schwand. „Und aus welchem Grund?"

„Weil mir vor einigen Tagen etwas an ihm aufgefallen ist, und jetzt brauche ich Gewissheit."

Bill blieb standhaft. „Das müssen Sie mir schon etwas genauer erklären, bevor ich Sie in die Nähe meines Sohnes lasse."

Mrs. McCabe schwankte ein wenig und Matt streckte die Hand aus, um sie zu stützen. Sie sah Molly an. „Ich habe mich noch nicht dafür bedankt, dass Sie neulich mit Holden und mir zu Abend gegessen haben. Ich schätze, mittlerweile ist mir das alles nicht mehr so wichtig und ich warte nur noch auf den Tod." Sie lächelte dünn. „Aber dann habe ich diesen Jungen gesehen. Und ich habe die Handtasche fallen gelassen, die ich gestohlen hatte." Sie seufzte. „Ja, ich habe sie genommen. Holden lässt mir in letzter Zeit kaum noch Freiraum und kauft mir auch nicht viel. Ich hatte einen schwachen Moment."

„Aber warum haben Sie zugelassen, dass Aaron an Ihrer Stelle des Diebstahls beschuldigt wird?", fragte Anna.

„Das wollte ich nicht." Ihr Blick wanderte zu Aaron, der immer noch neben seiner Mutter stand. „Du hast ein Muttermal im Nacken. Als ich es gesehen habe, bin ich erschrocken."

„Warum?", fragte Molly.

„Weil es genauso aussieht wie das von meinem Papa."

Augenblicklich ergab alles einen Sinn, aber Molly zweifelte dennoch, ob es wirklich wahr sein konnte. Hatte sie Mrs. McCabes lange vermisste Tochter die ganze Zeit vor sich gehabt?

„Abbie hat ein ganz ähnliches Muttermal", sagte Molly. Sie erinnerte sich daran, es als Kind gesehen zu haben.

Myrna fixierte Abbie. „Sie? Ist das wahr?“ Ihre Stimme war leise und voller Sehnsucht.

Abbies Blick sprang zwischen ihnen hin und her. „Ich verstehe nicht.“

„Mrs. McCabe war eine Gefangene der Kwahadi, bevor ich dort war und bevor du geboren wurdest. Sie hatte ein Kind. Ein Mädchen. Und sie war gezwungen, es zurückzulassen, als sie gerettet wurde.“

„Willst du damit sagen, dass ich diese Tochter bin?“, fragte Abbie mit schockierter Miene.

„Vielleicht. Du hast das gleiche Muttermal wie Aaron. Ich erinnere mich.“

„Erwarten Sie von uns, dass wir Mrs. McCabe einfach beim Wort nehmen?“, fragte Bill.

„Ich habe noch eine Fotografie meines Vaters“, sagte Myrna. „Ich werde sie heraussuchen und es Ihnen beweisen.“

Abbie sah Molly an. „Warum sollte Bull Runner das vor mir geheim halten? Ich dachte immer, ich sei die Tochter seiner Frau, Coyote Woman.“

„Ich weiß es nicht“, antwortete Molly. „Solche Dinge waren für die Comanchen nicht so wichtig. Bull Runner hat auch mich behandelt wie seine eigene Tochter.“

„War er überhaupt mein Vater?“

„Das weiß ich auch nicht.“ Molly wusste, wie Running Water sich fühlen musste. Als Molly nach zehn Jahren endlich nach Texas zurückgekehrt war, hatte sie erfahren, dass der Mann, den sie für ihren Vater gehalten hatte, gar nicht ihr Vater gewesen war. Ihr biologischer Vater war Davis Walker, Cales Vater. Diese Erkenntnis hatte Mollys Welt auf den Kopf gestellt. „Aber selbst wenn nicht, war er der einzige Vater, den du kanntest. Daran wird nichts etwas ändern.“

Myrna trat dicht an Abbie heran und betrachtete sie lange und eingehend. „Du gehörst zu mir“, flüsterte sie. „Ich kann die Züge meiner Mutter in dir sehen. Es hat mir das Herz gebrochen, dich zurückzulassen, aber die Männer wollten nichts davon hören, als ich versucht habe, ihnen von dir zu erzählen. Und seitdem ist jeden Tag aus Sehnsucht nach dir ein Teil von mir gestorben

Abbie schwieg.

„Wie rührend!“ Holden McCabes Stimme schreckte alle auf.

„Was wollen Sie?“, fragte Matt und schob sich zwischen den Mann und Molly, Abbie und Myrna.

„Ich habe nach meiner Mutter gesucht.“ Er richtete seinen Blick auf sie. „Du bist ohne Erlaubnis mit Songbird ausgeritten.“

„Ich brauche keine Erlaubnis, um mit meinem eigenen Pferd auszureiten“, antwortete seine Mutter.

„Nun, dann ist ja gut. Lass uns ins Hotel zurückkehren.“

„Nein.“

„Mutter, es ist schon spät und du solltest nicht mehr draußen sein. Du brauchst Ruhe. Warum bist du hier?“

„Dieser Junge“, sie zeigte auf Aaron, „ist mein Enkel.“

McCabe gab sich keine Mühe, seine Verachtung zu verbergen. „Das bezweifle ich.“

„Er hat das gleiche Mal wie Pappy.“

Das schien McCabes Interesse zu wecken. Seine Miene glättete sich und drückte vorsichtiges Misstrauen aus.

Myrna sah Aaron mit sanftem Blick an. „Darf ich es ihm zeigen?“, fragte sie leise.

Bill und Abbie verständigten sich ohne Worte, dann drückte Abbie sanft Aarons Schulter. „Ist schon in Ordnung. Du kannst es ihr zeigen.“

Aaron trat zögernd an den Rand der Veranda, blieb aber immer noch einige Schritte von McCabe entfernt. Er drehte sich um und zupfte am Kragen seines Hemdes, sodass das Muttermal in seinem Nacken zum Vorschein kam.

„Na und?“, sagte McCabe. „Das beweist noch gar nichts. Diese Leute“, sein Blick schweifte über sie alle, „nutzen eine alte Dame aus. Sie wollen nur dein Geld.“

„Das ist nicht wahr“, warf Molly ein. „Und Sie haben mich doch gebeten, Ihrer Mutter zu helfen, deren Tochter zu finden.“

„Und Sie behaupten, die Mutter dieses Jungen sei meine verschollene Schwester?“

Molly bemühte sich nicht, ein Seufzen zu unterdrücken. „Zu ihrem Leidwesen, ja.“

McCabes Gesicht verhärtete sich angesichts dieser Beleidigung. Er richtete seine Aufmerksamkeit auf Abbie. „Erinnern Sie sich an Ihre verschollene Mutter?“

„Ich wusste es bis jetzt nicht einmal“, erwiderte diese mit Ärger in der Stimme. Molly fragte sich, ob er sich gegen Myrna oder Holden richtete.

„Wie kann ich überhaupt sicher sein, dass Sie Comanchin sind?“

„Ich gehöre zum Volk.“

„Welcher Stamm?“

„Die Kwahadi.“

Myrna hatte ihren Blick während des ganzen Gesprächs nicht von Abbie abgewandt, und jetzt traten ihr Tränen in die Augen.

„Das ist doch lächerlich“, sagte McCabe.

„Nein, ist es nicht“, sagte Myrna. „Ich habe mich so viele Jahre danach verzehrt, meine Tochter wiederzusehen.“ Sie ging zu Abbie. „Und jetzt habe ich dich gefunden. Meine Gebete sind endlich erhört worden. Ich bedaure sehr, dass ich Aaron in Schwierigkeiten gebracht habe. Ich werde zum Sheriff gehen und ihm alles erklären. Ich nehme alle Schuld auf mich. Ich bin nur eine alte Dame, unvollkommen und mit vielen Schwächen, aber ich würde euch gerne kennenlernen, wenn ich darf.“ Sie sah Bill und Aaron an. „Euch alle.“

Abbie fing Mollys Blick ein, die ihr aufmunternd zunickte.

Abbie räusperte sich und nickte knapp. „Ja, wir können es versuchen“, sagte sie.

„Danke.“ Myrnas Stimme bebte vor Rührung. Sie nahm

Abbies Hände in die ihren und lächelte. Dann straffte sie die Schultern und drehte sich zu McCabe um.

„Holden, ich weiß, warum du meine Comanchen-Tochter finden wolltest, und es hatte nichts mit meinem Kummer zu tun. Du dachtest, dass ich nicht bei klarem Verstand wäre und die Suche nach ihr mich wieder zur Vernunft bringen würde, nur damit du den Schatz der Familie McCabe finden kannst. Aber es gibt keinen Schatz, Holden. Es gibt ihn schon lange nicht mehr. Ich weiß nicht, warum sich dieses Gerücht so hartnäckig hält, oder warum du so lange daran geglaubt hast."

„Du lügst", sagte er mit kaum unterdrückter Wut.

„Es schmerzt mich, zu sehen, was für ein bockiger Junge du geworden bist."

Sein Gesicht rötete sich, aber er behielt seine Fassung. „Das spielt keine Rolle. Ich brauche dein Geld nicht. Es ist Zeit zu gehen."

Er band Songbirds Zügel los.

„Warum brauchen Sie das Geld Ihrer Mutter nicht?", fragte Matt.

Aus der Dunkelheit, die sich über sie gelegt hatte, traten Nathan, Logan, Cale, der Sheriff und ein weiterer Mann hervor, den Molly nicht erkannte.

„Ja, genau, McCabe", sagte Logan. „Warum brauchen Sie plötzlich kein Geld mehr?"

„Was hat das zu bedeuten?", fragte McCabe. „Sanders, was machen Sie hier?"

Der andere Mann blieb stumm.

„Holden McCabe", sagte der Sheriff. „Ich habe die Vollmacht, Sie und dieses Pferd zu durchsuchen."

„Dazu haben Sie kein Recht."

„Doch. Sanders hat uns alles erzählt."

Sophie trat einen Schritt vor. „Und ich habe ihn gesehen." Sie blickte McCabe an. „Ich habe ihn mit dem Geld gesehen, das er der Bank gestohlen hat. Ich würde seine Stimme überall wiedererkennen."

Logan ging zu seiner Tochter hinüber und schob sie hinter sich. „Wir haben auch ohne sie genug Beweise", sagte er. „Molly, bring die Mädchen ins Hotel."

Molly winkte sie alle auf die Veranda und zusammen mit Abbie, Aaron und Myrna betraten sie die Lobby.

Da sie befürchtete, dass es zu einem Schusswechsel kommen könnte, führte sie alle ins Treppenhaus. „Ihr bleibt hier." Auf den besorgten Blick des Rezeptionisten hin rief sie über ihre Schulter: „Der Sheriff nimmt draußen jemanden fest."

Als alle in Sicherheit waren, kehrte Molly in den Salon zurück und spähte aus dem Fenster.

Während Cale und Nathan Sanders bewachten, hatte Matt eine Waffe auf McCabe gerichtet. Wo hatte er die denn her? In der Stadt durften nur die Gesetzeshüter Feuerwaffen mitführen.

Sie entdeckte Malcolm Hardy, der dem Sheriff dabei half, den Sattel von Songbird abzunehmen. Mit einem Messer schnitt der Sheriff das Futter unter dem Sattel auf. Schockiert erkannte Molly, dass es mit Geld gefüllt war. Der Sheriff legte McCabe Handschellen an, während Nathan und Cale den Sattel hielten und Malcolm mit Sanders danebenstand.

Molly verließ das Hotel und kam auf die Veranda. „Ich kümmere mich um Myrna und Songbird", sagte sie.

Matt nickte. „Wir werden Sheriff Mars zum Gefängnis begleiten."

Sie trat näher an ihren Mann heran. „Wusstest du von all dem?"

„Ich hatte eine Vermutung", antwortete er so leise, dass nur sie es hören konnte. „Logan und Nathan haben mich eingeweiht. Sie wollten versuchen, einen von McCabes Männern dazu zu bringen, sich gegen ihn zu wenden, aber ich war mir nicht sicher, ob sie damit Erfolg haben würden. Sanders bekommt eine geringere Strafe, weil er McCabe verraten hat."

„War Malcolm Hardy daran beteiligt?", fragte Molly besorgt, denn Emma hatte ihr anvertraut, dass sich zwischen dem jungen Mann und Anna etwas anzubahnen schien.

Matt schüttelte den Kopf. „Nein. Er hat seine Hilfe angeboten, da er für McCabe gearbeitet hat. Er hat uns zu Sanders geführt." Er beugte sich zu ihr hinunter und gab ihr einen flüchtigen Kuss. „Warte in unserem Hotel auf mich."

„Das werde ich."

„Mrs. Ryan?" Malcolm Hardy wandte sich an sie.

„Ja." Sie lächelte den aufrichtigen jungen Mann an, erleichtert, dass er nicht vom Schlag seines Vaters zu sein schien.

„Wäre es möglich, dass ich Anna sehen könnte, wenn das alles vorbei ist?" Er nickte zu McCabe und Sanders.

„Ich denke, das muss Anna entscheiden." Und Logan und Claire, aber das sprach Molly nicht laut aus. „Folgen Sie Matt und den anderen zu unserem Hotel, wenn Sie im Gefängnis fertig sind."

„Ja, Ma'am. Ich danke Ihnen."

Bill Harner kam zu ihr. „Ich begleite die Männer. Würden Sie Abbie und Aaron Bescheid geben?"

„Natürlich."

Als er sich zum Gehen wandte, rief sie ihm zu. „Bill, es tut mir leid, dass Abbie mit Myrnas Geschichte so überfallen wurde, aber ich kann nur sagen, dass ich im tiefsten Inneren an deren Wahrheit glaube."

Seine Miene war verhalten, doch er nickte ihr zu und ging.

Molly kehrte ins Treppenhaus zurück, um allen mitzuteilen, dass es vorbei war. Die Mädchen redeten wie wild auf einen ratlosen Aaron ein, der selbst nicht zu Wort kam, während Molly sich zu Myrna und Abbie gesellte.

„Mein Holden hat das Feuer gelegt, nicht wahr?", sagte Myrna. „Und er hat das Geld aus der Bank gestohlen."

„Es scheint so", sagte Molly.

Myrnas Schultern sackten nach unten. „Er ist wie sein Vater, ein Mann mit wenig Nachsicht."

Abbie knetete ihre Hände und in ihren Augen spiegelte sich Misstrauen. „Wer war mein Vater? War es Bull Runner?"

Myrnas Augen weiteten sich überrascht. „Nein, es war jemand anderes. Ich erinnere mich an Bull Runner. Er war ein guter Mann. Hat er dich aufgezogen?"

Abbie nickte.

„Er hat uns beide aufgezogen", fügte Molly leise hinzu.

„Nun, dann ist zumindest etwas Gutes dabei herausgekommen." Myrnas Lippen verzogen sich zu einem dünnen Lächeln. „Dein Vater gehörte nicht zu den Kwahadi, und ich wurde gezwungen. Es hat keinen Sinn, sich jetzt noch einmal damit auseinanderzusetzen. Aber dann hatte ich dich. Und du hast mich davor bewahrt, in meiner Traurigkeit zu ertrinken." Ihre Augen füllten sich mit Tränen. „Und ich habe dich so sehr geliebt." Ihre Stimme brach. „Dich zurückzulassen … das war …" Myrna konnte nicht weitersprechen.

„Ich weiß nicht, wie es weitergeht", sagte Abbie, „aber möchtest du bei uns wohnen? Du könntest Songbird mitbringen. Die Geschichte dieses Pferdes ist eine Legende bei den Comanchen. Ich hatte keine Ahnung, dass ich auch Teil der Geschichte bin." Sie schaute Molly an und dann Myrna. „Was für ein Glück, dass ich euch beide gefunden habe."

Kapitel Fünfzehn

Anna

Anna war überrascht, zu hören, dass Malcolm unten in der Hotellobby wartete, und es überraschte sie noch mehr, als ihre Mutter ihr erlaubte, zu ihm zu gehen. Allein. Nun ja, fast. Der Rezeptionist würde hinter dem Empfangstisch stehen.

Angespannt saß Anna auf dem Polstersofa neben Malcolm. Dies war ein Abschied, das spürte sie mit jeder Faser ihres Wesens. In ihrem Kopf schwirrten all die Sätze, die sie ihm sagen wollte: *Geh nicht. Werde ich dich jemals wiedersehen?*

Mühsam hielt sie sich zurück und hoffte, dass ihr innerer Aufruhr nicht allzu offensichtlich war. Sie war noch zu jung, und er war bereits ein Mann, und wenn sie alles hinausposaunte, was ihr auf dem Herzen lag, würde sie sich mit Sicherheit lächerlich machen und Malcolm würde sie für ein dummes kleines Mädchen halten. Und das wollte sie auf gar keinen Fall.

„Danke, dass du uns geholfen hast, McCabe zu finden", sagte sie und versuchte, ihre Gedanken zu ordnen.

„Ich kann immer noch nicht glauben, was er getan hat. Ich wusste, dass er recht dominant sein kann, aber ich hätte nie gedacht … nun ja, ich bin einfach froh, dass Aaron und deine Cousine Josie nicht ernsthaft verletzt wurden.“

„Tante Molly sagte, dass Mrs. McCabe und Songbird zu Mr. Harner und seiner Frau ziehen werden. Ich denke, die Harners werden sich gut um sie kümmern.“

„Das glaube ich auch. Ehrlich gesagt bin ich erleichtert.“

Anna bemühte sich, nicht herumzuzappeln. „Und wohin gehst du jetzt?“

Malcolm zuckte mit den Schultern. „Ich muss Arbeit finden. Wahrscheinlich Richtung Norden. Vielleicht Oklahoma.“

Annas Herz rutschte ihr in die Hose. Wie hatte das nur passieren können? Wie hatte sie sich so schnell so sehr in ihn verlieben können?

Sie senkte den Kopf und murmelte mehr zu sich selbst: „Ich hoffe, du wirst glücklich, Malcolm.“ Doch als sie den Blick hob, sah er sie an, und eine Hitzewelle stieg von ihrem Hals bis in ihr Gesicht. Verblüfft hielt sie seinem Blick stand. Sie mochte jung sein, aber sie spürte das Verlangen in seinen Augen in jedem neu erwachten weiblichen Teil von ihr.

„Ich wünschte, du wärst ein bisschen älter.“ Das leise Bedauern in seiner Stimme war unüberhörbar.

Hoffnung keimte in ihrer Brust auf. „Eines Tages werde ich das sein.“

Das leichte Grinsen um seinen Mund ließ ihr Inneres Purzelbäume schlagen. „Dann sehen wir uns wieder, Anna. Eines Tages.“

Sie konnte es kaum erwarten.

Matt

Matt fand Molly in ihrem Hotelzimmer. Sie saß am Fenster und hatte die Vorhänge zurückgezogen, um in den Nachthimmel hinauszublicken.

„Träumst du?", fragte er, als er eintrat und leise die Tür schloss. Es war schon spät. Er, Nathan, Logan und Cale waren im Büro des Sheriffs geblieben, bis die Sache mit McCabe geklärt war.

Molly lächelte. „Ja. Ich träume vom Sternenlicht. Josie geht es gut. Und ich glaube, meine Albträume haben ein Ende."

Er setzte sich auf die Bettkante und zog seine Stiefel aus. „Das freut mich. Und Josie ist zäh, wie ihre Mutter."

„Eher wie ihr Vater, würde ich sagen." Sie wandte ihren Blick wieder zum Fenster. „Ich habe oft den Nachthimmel beobachtet, als ich bei den Comanchen gelebt habe. Findest du, es ist falsch, dass ich sie geliebt habe?", murmelte sie.

„Nein", sagte er. „Natürlich nicht. Ich kenne dich lange genug, um deine wilde und ungestüme Natur zu schätzen, aber auch deine mitfühlende Art und die Liebe, die du deinen Freunden, deiner Familie und den Tieren, um die du dich kümmerst, entgegenbringst. Es überrascht mich nicht, dass du eine Bindung zu ihnen aufgebaut hast."

Sie drehte sich wieder zu ihm um. Er zog sein Hemd aus, warf es auf den Boden und grinste, als sie die Stirn runzelte, weil er die Ordnung, die sie im Hotelzimmer zu halten versuchte, so eklatant missachtete. Er kniete sich neben ihren Stuhl.

Sie küsste ihn und er kostete den Moment ganz aus, losgelöst von allem anderen, nur sie beide, hier, zusammen.

Sie lehnte sich zurück. „Nun, was das betrifft, habe ich Neuigkeiten."

Er seufzte. Diese vollkommenen Momente waren nie von Dauer. „Ich vermute, es hat etwas mit unseren Töchtern zu tun."

Sie lachte. „Da liegst du richtig. Wie ich hörte, gibt es da einen Wurf Welpen und …"

Er nickte. „Ich weiß."

„Ach ja? Warum hast du nichts gesagt?"

„Hätte es etwas geändert?"

„Nein. Wir nehmen morgen einen mit nach Hause. Es sind so süße kleine Dinger. Die Mädchen haben sie Claire und mir heute Abend gezeigt."

„Wir nehmen also zwei mit nach Hause", bestätigte Matt.

Molly nickte. „Es sei denn, du willst mehr?"

Er stand auf und führte sie zum Bett. Vom Hocken taten seine Knie weh. Wenn seine Frau ihn überreden wollte, einen Welpen mit nach Hause zu nehmen, musste das im Bett geschehen.

„Und sie haben ihm schon einen Namen gegeben", sagte sie, als er sie in seine Arme schloss.

Es war viel zu viel Kleidung zwischen ihnen. Er begann, ihre Bluse aufzuknöpfen.

„Wie soll er heißen?"

„Marley."

Matt gluckste. „Logan wird denken, ich hätte etwas damit zu tun."

Molly warf ihm einen fragenden Blick zu. „Wird er das? Warum?"

Die nackte Haut seiner Frau lenkte ihn ab. „Das erzähle ich dir später."

Seine Lippen legten sich auf die ihren und hielten sie von jeglicher Antwort ab. Zum Glück ließ auch sie das Gespräch los und begegnete seinem wachsenden Begehren mit ihrem eigenen.

Melden Sie sich für Buchneuigkeiten zu Kristys deutschem Newsletter an: kmccaffrey.com/GermanNewsletterSignUp

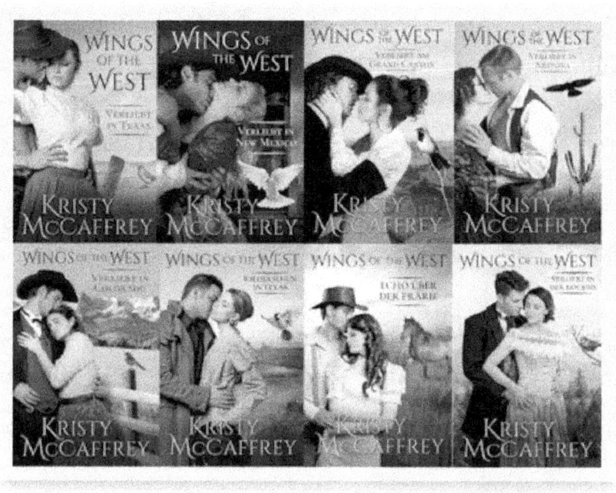

Eine fesselnde Geschichte über Verlust und Liebe im Wilden Westen.

„Ms McCaffrey schreibt aus dem Herzen … definitiv eine Leseempfehlung." ~ The Romance Studio

Verliebt in Texas: Buch 1
Zehn Jahre sind vergangen, seit ihr Zuhause überfallen, ihre Eltern ermordet und Molly Hart entführt wurde. Nachdem sie den Großteil ihrer Kindheit bei den Kwahadi-Comanche verbracht hat, kehrt sie endlich heim nach Texas. Sie findet jedoch nichts weiter vor als ein verfallenes Anwesen. Mit Schaudern entdeckt sie ihren eigenen Grabstein und trifft auf Matt, der ihr schon früher viel bedeutet hat. Entschlossen, das Rätsel ihrer Vergangenheit aufzuklären, beschließt Molly, den Mörder ihrer Eltern zu suchen. Dabei setzt sie nicht nur ihr Leben, sondern auch ihre Liebe zu Matt aufs Spiel …

Verliebt in New Mexico: Buch 2
Die Enttäuschung trifft Ex-Deputy Logan Ryan schwer, als er

Claire Waters inmitten einer quirligenStadt am Santa Fe Trail wiedersieht. Die Frau, an die er sich erinnert, ist verschwunden und an ihre Stelle ist eine betörende Bardame getreten, die ihn in die größten Schwierigkeiten bringen kann. Als Claire in ein Netz aus Intrigen gerät, gesponnen von gefährlichen Männern, versucht Logan sie zu beschützen. Doch er erkennt nicht, dass seine eigene Vergangenheit die größte Bedrohung für sie darstellt.

Verliebt am Grand Canyon: Buch 3
Am Grand Canyon stellt sich Emma Hart einer ungewissen Zukunft – und der Begegnung mit Texas Ranger Nathan Blackmore.

Verliebt in Arizona: Buch 4
Kopfgeldjäger Cale Walker ist nach Tucson gereist, um J. Howard „Hank" Carlisle auf Bitten seiner Tochter Tess zu suchen. Hank hat Cale unter seine Fittiche genommen, bevor ein Streit die beiden entzweite und Cale durch einen Puma-Angriff beinahe ums Leben kam. Er wurde von einer Gruppe Nednhi-Apachen gerettet, die seine Wunden für ein mächtiges Omen hielten. Deshalb führte man ihn in die Kunst eines *di-yin* ein, eines Schamanen. Um Hank zu finden, muss Cale sich zu den Dragoon Mountains begeben und sich mit zwei Welten auseinandersetzen, die nicht länger im Gleichgewicht sind. Doch er hat noch ein viel größeres Problem – sich in das Herz einer jungen Frau zu schmuggeln, die entschlossen ist, das Leben an sich vorbeirauschen zu lassen.

Verliebt in Colorado: Buch 5
Hungrig nach neuen Abenteuern verlässt Molly Rose Arizona, um ihren Bruder in Colorado zu besuchen. Dieser weilt seit zwei Jahren in der boomenden Silberstadt Creede, wo er sein Glück zu finden hofft. Nun möchte Molly Rose ihn dazu überreden, sie nach San Francisco, New York City oder sogar Europa zu begleiten.

Doch statt Robert findet Molly Rose nur seinen Partner, einen mysteriösen Mann, der als Schakal bekannt ist.

Wiedersehen in Texas: Buch 6
Eine lange Novelle
15 Jahre nach VERLIEBT IN TEXAS droht Mollys Vergangenheit bei den Comanchen sie erneut einzuholen. In dieser Novelle treffen Sie auf Matt und Molly, ebenso wie auf weitere Paare aus der *Wings of the West*-Serie, und Sie lernen die Töchter der zweiten Generation kennen, denen jeweils ein eigener Roman gewidmet sein wird.

Echo über der Prärie: Buch 7
Eine Kurzgeschichte
Ecacusayet. Blitz. Der rebellische Hengst mit Namen Echo floh kurz nach seiner Geburt von der Ranch der Ryans und widersetzt sich seitdem jedem Versuch, ihn einzufangen. Der siebzehnjährige Eli Ryan hat sich vorgenommen, das zu ändern. Auf der Suche nach dem Aufenthaltsort des Pferdes in der Wüste von Texas stößt Eli mit Cassie Callahan zusammen. Trotz der faszinierenden Ablenkung, die ihre verführerischen grünen Augen bieten, lässt Eli sich nicht von seinem Ziel abbringen. Nur ihr hartnäckiger Einsatz für den legendären Hengst könnte ihn aus der Bahn werfen.

Verliebt in den Rockies: Buch 8
Kate Ryan wurde gerade zur Außendienstmitarbeiterin bei der Detektei Pinkerton befördert. Ihr erster Auftrag? Die Rolle der „Ehefrau“ ihres Kollegen Henry Maguire zu übernehmen, der bereits verdeckt ermittelt. Allerdings hat Henry nicht mit ihr gerechnet …

Als Kind hat Kristy McCaffrey sich selbst häufig Geschichten erzählt. Schon bald wurde offensichtlich, dass sie eine Neigung zum Schreiben verspürte. Sie ist mit Science-Fiction, Fantasy und den Legenden um König Artus aufgewachsen und übertrug diese Vorliebe für Mythen schon bald auf das Schreiben eigener Westernromane. Nach einer Ingenieurausbildung entschied sie sich dafür, Hausfrau und Mutter zu werden und nebenbei Romane zu schreiben. Sie und ihr Ehemann leben in der Wüste von Arizona, wo ihre vier Kinder nach und nach flügge werden. Kristy ist fest davon überzeugt, dass man dem Leben mit Neugier, Mitgefühl und Dankbarkeit begegnen sollte, möglichst mit Hund an der Seite. Sie schläft gerne lange aus, mag mexikanisches Essen und Yoga im Pyjama.

Wenn Sie regelmäßig über Neuerscheinungen informiert werden wollen, können Sie Kristys englischsprachigen Newsletter (kmccaffrey.com/subscribe) abonnieren oder besuchen Sie ihre englische Webseite (kmccaffrey.com) oder ihren Blog, um mehr über ihre Arbeit zu erfahren. Sie finden sie außerdem auf

Facebook (facebook.com/AuthorKristyMcCaffrey), Instagram (instagram.com/kristymccaffreybooks) und TikTok (tiktok.com/@kristymccaffrey).

MELDEN Sie sich für Buchneuigkeiten zu Kristys deutschem Newsletter an: kmccaffrey.com/GermanNewsletterSignUp

www.ingramcontent.com/pod-product-compliance
Lightning Source LLC
LaVergne TN
LVHW010101110826
845155LV00028B/440

* 9 7 8 1 9 5 2 8 0 1 5 6 3 *